나의 친애하는 숲

나의 친애하는 숲

나의 작은 오두막,
나의 숲속 해방일지

에두아르 코르테스 지음
변진경 옮김

북노마드

마틸드에게

내 아이들을 위해

"사랑은 한 그루 나무와도 같아서 스스로

자라나 우리의 온 존재 속에 깊이 뿌리를 뻗고

황폐해진 마음 위에서도 계속 푸르러진다."

- 빅토르 위고, 『파리의 노트르담』

일러두기

1. 이 책은 『Par la force des arbres』를 우리말로 옮겼습니다.

2. 옮긴이 주는 후주로 넣었으며, 편집자가 보충한 부분은 본문에 '편집자'로 표기했습니다.

3. 외래어는 국립국어원 외래어 표기법을 준수하되, 일부는 일상에서 널리 쓰이는 표기를 따랐습니다.

4. 본문의 인용문은 지은이에 의한 것으로 인용할 때 적당하게 문장을 수정했습니다.

차례

～///～

삶이 우리에게 부딪쳐오면 어떻게 대응해야 할까? 상처가 쓰라리더라도 반격해야 한다. 수중에 있는 온갖 수단으로 이 엄청난 힘에 대응해야 한다.

나는 참나무의 수액과 크고 작은 나뭇가지를 통해 반격하기로 했다. 돋아나는 새 잎과 지의류 가운데서 새롭게 숨 쉬고자 했다. 나무를 통해 삶에 숨구멍을 내고자 했다.

인간의 운명을 참나무의 길로 시도해보기. 별과 친근하게 지내고 사랑하는 이들을 가지로 감싸 안으며 헤매지 않도록 땅에 뿌리를 내리기.

말하자면, 인간-나무로 탈바꿈하는 것이다.

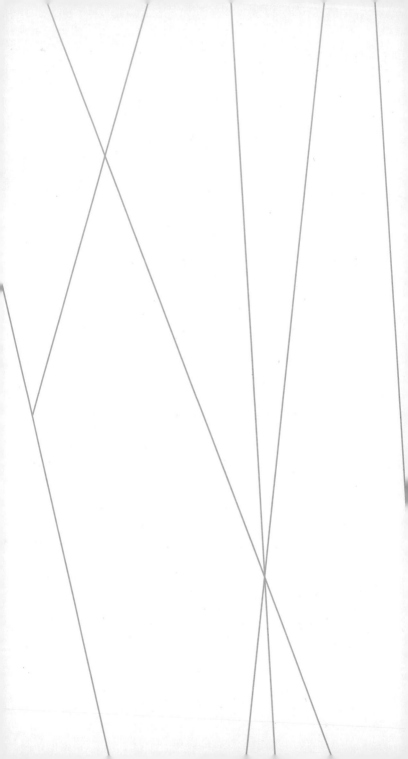

1

6미터 높이의 참나무 가지 위에서 나는 혼자 산다. 봄이다. 바닥 문을 밀어 열었더니 숲의 나라가 펼쳐진다. 마룻바닥에서 잘라낸 두툼한 원형 출입문은 닫아버리면 눈에 잘 띄지 않는다.

나는 한동안 침묵 속에서 지내기 위해 오두막에 들어왔다. 나무 위에 살면서 나무와 더불어 다시 태어나겠다고 굳게 다짐한다. 내 손으로 직접 만든 이 은신처에서 지내리라. 네 개의 나뭇가지 사이에 자리 잡고 있으며 나무와 유리로 만들어진 이 피난처는 시선과 소음으로부터 나를 보호해준다. 이 보기 드문 장소는 내 처지로서는 기대 이상의 공간이다.

나는 아래 세상과 나 자신에 지쳐서 이 위로 올라왔다. 아마 다른 사람들도 내게 지쳤을 것이다. 숲의 비호 아래 나는 탈바꿈을 시도한다. 나는 나무의 높이에서 세상을 바라보고 싶다.

3월 21일 아침, 나는 아내와 아이들을 포옹하고 장화를 신었다. 소셜 미디어 계정도 삭제했다. 실제로 존재하는지 믿기지 않는 1500명의 친구들을 포기하고 네다섯 명의 진짜 친구만 남겼다. 전자메일에는 부재중 응답을 설정해놓았다. 스마트폰은 집에 남겨두고 등산용 칼을 들고 숲으로 떠났다.

마흔 살을 앞두고 그동안 내가 지녀온 확신에 의문이 들었다. 꿈에 대한 확신도 거의 없는 상태였다. 사람들로부터 멀리 떨어진 상태로 나를 숨 막히게 하는 모든 덩굴을 뽑아버리겠다고 결심했다. 죽음이 다가오더라도 두려움 없이 답할 수 있기를 바랐다.

— 나는 운명을 따르는 데 충분히 대담했나?

트롱세 숲에 있는 내 참나무는 거목으로 보기는 어렵지만 불타버린 파리 노트르담 대성당의 이른바 포레foret[1]라는 골조에는 멋진 들보가 될 수 있었을 것이다. 이 강한 나무는 수령과 높이로 페리고르 삼림지대의 다른 나무들 위에 군림한다. 양팔을 뻗어도 나무 전체를 껴안을 수 없을 정도로 크다. 굵은 가지 하나는 15미터 높이까지 자랐다. 거의 기사와 같은 풍모의 매력 때문에 나는 본능적으로 이 나무를 좋아하게 되었다. 나무는 조용하고 호리호리하며 곧게 뻗어 있다.

옆에 있는 다른 모든 나무를 압도하고 있는 이 나무는 할아버지 나무로 보인다. 중앙 산지의 마지막 지맥에서 자라난 나무는 120살에서 140살 정도 되었을 것이다. 그것이 나무가 가진 지혜를 말해준다. 석회질 고원에 단단히 뿌리내린 최고 연장자. 파스퇴르가 백신을 발명한 시대에 가냘픈 새싹으로 생애를 시작해 에펠탑이 세워졌을 때는 새순이었고, 베르됭에서 히로시마까지 대소동이 일어났을 때는 가지를 뻗었다. 인터넷과 빅데이터의 시대에는 성체가 되어 가벼움과 정착의 거장으로 성장했다.

나무의 힘과 조화는 나를 안심시킨다. 빽빽한 가지로 뒤덮여 있는 나무는 280미터 높이의 언덕 가장 높은 지점에 자리 잡고 있다. 나는 나무의 자연법칙을 따르고, 나무는 내게 자신의 왕국을 열어준다.

검정색은 프랑스의 가장 아름다운 장소 중 하나를 나타내는 색이다. 이전에 백작령이었던 페리고르 누아르 Périgord noir의 색은 나무에서 유래했다. 밤의 빛을 띠는 참나무는 한낮에 즐거워하는 어두운 겨울 숲을 형성한다. 이 지방 지붕의 석회암 판석도 이 색깔이다. 크로마뇽인, 라스코 동굴, 도르도뉴 성의 고장이자 라 보에티, 몽테뉴, 사를라데즈 감자, 몽바지악의 고장에서, 지상의 진미에서 멀리 떨어진 채 나무 꼭대기에서 은둔해 산다는 생각은 터무니없는 것으로 보일 수 있다. 경제 위기의 시기에 허리띠를 졸라매야 하는 때에도 사람들이 송로버섯과 푸아그라 중에 어느 것을 선택할지 망설이는 곳은 세계 어디서도 들어보지 못했다.

모든 문명은 케르시² 참나무의 부식토에서 태어났다. 참나무 뿌리에는 내가 개와 함께 파내기 좋아하는 검은 송로버섯이 숨겨져 있다. 프랑스의 이 발상지에서 팔루엘 성의 중세 지하도, 로카마두르의 검은 성모, 경기병 푸르니에의 결투, 파타고니아의 투낭 왕, 라리고디의 탐험…… 내 어린 시절의 추억이 담긴 호두나무와 송로버섯이 자라는 나무의 발상지에서 모든 문명이 태어났다.

목신과 숲의 수호신은 나를 『자발적 복종De la servitude volontaire』의 고장에 붙들어 맸다. 이 정착이 나에게 어떤 자유를 부여했을까? 복종에서 벗어나 자유를 향한 용기를 강조한 에티엔 드 라 보에티La Boétie의 책을 읽으며 나는 녹음 속에 빠졌다. 속박chaînes이 아니라 참나무chêne에.

나는 6미터 높이의 참나무 가지 위에서 혼자 산다.

한동안 침묵 속에서 지내기 위해 오두막에 들어왔다.

나무 위에 살면서 나무와 더불어

다시 태어나겠다고 다짐한다.

나는 세상과 나 자신에 지쳐서 이곳으로 올라왔다.

아마 다른 사람들도 내게 지쳤을 것이다.

나는 나무의 높이에서 세상을 바라보고 싶다.

2

나는 이 지역의 이름페리고르 누아르, Périgord noir만큼이나 어두
운 두 해를 보냈다. 양치기와 양 사육자로 7년을 보냈지만,
양떼를 처분하는 데는 단 하루만으로 충분했다. 스스로 그
렇게 무능한 양치기는 아니었다고 생각했건만 결국 실패하
고 말았다.

농부로서의 모험은 도피로 막을 내렸다. 이제 나무 위
에서 미소를 띠고 이 사태沙汰를 돌이켜본다. 상환하기 어려
운 빚이 쌓였고, 땅 문제로 가족과 사이가 틀어졌다. 프랑스
에서 양과 소를 기르는 사육자들을 질식시키기에 충분한
보조금 서류와 각종 쓸데없는 서류에 파묻혔다. 허리가 끊
어질 듯 일했지만 녹초가 되어버렸다.

나는 교만함에 가까운 감정으로 모험을 감행했다. 그
러나 그 과감한 모험이 재난을 완화시키지는 못했다. 무엇
보다 가장 소중한 아내와 아이들을 파멸로 이끌었다는 죄

책갈에서 벗어날 수 없었다.

양치기의 운명이란 미친 짓이다! 세계화된 시장이 쏟아내는 양고기가 슈퍼마켓에 쌓이고, 소비자는 이미 익은 채로 접시에 놓인 양갈비에 들어간 인간의 수고와 실질적인 비용을 알려고 하지 않는다. 이런 시대에 프랑스 목축업자의 삶은 모험을 찾아 떠도는 기사 돈키호테만큼 우스꽝스럽다. 한마디로 시대에 뒤떨어진 일이다. 쇠스랑에서 포크까지, 씨앗에서 빵까지, 목축업에서 유제품까지…… 우리의 관계는 끊어져버렸다. 나는 미셸 우엘벡Michel Houellebecq이 『세로토닌Sérotonine』에서 드러낸 의견에 동조한다.

— 지금 프랑스 농업에 일어나고 있는 일은 거대한 사회 계획이며, 현재 진행 중인 가장 중대한 사회 계획이다. 하지만 은밀하고 보이지 않는 사회 계획으로서 사람들은 BFM[3]의 뉴스거리도 되지 못한 채 각자 구석에서 사라져버린다.

농촌에서 생활하며 나는 세계에 대해 통찰력을 갖게 되었다. 숲과 들판과의 불화는 녹색 혁명과 땅의 여신이라는 두 개의 머리를 가진 히드라를 낳았다. 생명에 대한 숭배든 혹은 포식이든 양쪽 모두 자연과 인간의 분리에서 생겨난다. 이 포스트모던적 짐승은 나를 두렵게 한다. 그것은 자신을 신이라고 생각하는 인간이든, 짐승이라고 생각하는 인간이든 모두 집어삼켜버리고 말 것이다.

~~~

농촌에 정착한 첫해로 기억한다. 양떼가 기생충에 감염된 것일까? 양들의 상태가 좋지 않아서 검사를 해야 했다. '작은 디스토마'로 불리는 바이러스는 살아남기 위해 믿기 힘든 전략을 선보인다. 바이러스에 감염된 개미는 나머지 개미 무리에 병을 전염시키지 않기 위해 자신을 희생한다. 바이러스는 개미를 미치게 해서 풀잎 끝에 올라가게 한다. 그곳에서 개미는 사무라이처럼 희생을 각오하고 양떼를 기다린다. 양이 개미를 먹어치우면 작은 디스토마는 초원으로 돌아가기 위해 양의 몸 안에서 돌아다닌다. 감염된 어미 양은 젖이 줄어서 새끼 양이 죽는 일이 벌어진다.

　나는 걱정스러워 수의사를 불렀고, 그는 공동농업정책 검사관이 도착하기 직전에 떠났다. 오후에는 내가 미리 작성해둔 서류를 확인하기로 되어 있었다. 아주 친절했지만 농업지원금은 받기 힘들 거라고 설명하는 검사관에게 무슨 말을 할 수 있을까? 서류와 양떼 모두 법규에 맞았지만, 전체 양떼 가운데 숫양 한 마리가 왼쪽 귀고리가 빠져 있었다. 오른쪽 귀고리만 달려 있는 것을 본 그가 말했다.

— 기준에 맞지 않네요.
— 칭찬으로 듣죠!

━━━━

지난여름, 나는 농장을 처분하고 양떼를 팔았다. 그 아픔은 지금까지도 나를 괴롭힌다. 그 일에 대해 글을 쓰는 것이나 생각하는 것이나 모두 힘들었다. 가축 운반차는 내가 이끌고 보살피고 새끼를 받고 젖병으로 우유를 먹이며 보호해온 양들을 몇 분 만에 삼켜버렸다. 피로가 내려앉았다. 내 삶에, 다른 사람의 삶에, 세상에, 더 이상 의욕이 없었다. 나는 길 잃은 양이 된 목자였다.

관료들과 심리전문가들은 영어 단어에 의지한다. '번아웃burn out'이란 인류만큼이나 오래된 병을 가리키기 위한 말이다. 내게는 무감각이라는 말이 더 어울렸다. 이 영혼의 우울함은 거머리처럼 붙어서 희망과 존재의 의미를 비워버린다. 아리스토텔레스에 따르면 영혼은 생명을 불어넣는다는데 나는 숨이 차서 허덕거렸다. 인생의 중반에서 나는 이 악마들에게 사로잡혀 있었다. 시간이 흐르면서 나는 살아야 할 이유보다는 죽어야 할 이유를 머릿속에 쌓아가고 있었다. 내 영혼은 내가 가로지른 진흙투성이 숲에서 하르피이아[4]와 싸우고 있었다.

영혼이 시들어버리지 않게 하려면 어떻게 해야 할까? 당장 이 내면의 겨울과 싸워야 했다. 나의 싸움은 나무들의 싸움과 같이 가능한 한 빨리 빛에 이르는 것이었다. 나는 무기를 선택했다. 인터넷이 안 되는 곳에서 간소하게 살며 여행의 낯설음에 기대지 않고 지내면서 일기를 쓰는 것이다.

나는 세 가지 집념을 갖고 숲에 들어갔다.

— 한동안 세상을 떠나기
— 평화를 얻기
— 지나간 일을 잊고 새로 시작하기

영혼이 시들어버리지 않게 하려면 어떻게 해야 할까?

당장 이 내면의 겨울과 싸워야 했다.

나의 싸움은 나무들의 싸움과 같이

가능한 한 빨리 빛에 이르는 것이었다.

나는 무기를 선택했다.

인터넷이 안 되는 곳에서 간소하게 살며

여행의 낯설음에 기대지 않고 지내면서

일기를 쓰는 것이다.

3

나무에 대한 생각은 시라노가 내게 불어넣어주었다. 어느
날 저녁, 나는 에드몽 로스탕^{Edmond Rostand}의 연극 대본집
『시라노 드 베르주라크^{Cyrano de Bergerac}』비정상적으로 큰 코 때문에 우
스꽝스러운 외모를 가진 시라노의 여자 주인공 록산을 향한 지고지순한 사랑 이야
기. 편집자를 다시 읽으며 가스코뉴 카데들의 용맹과 어루만
짐에 몰두해 있었다. 마지막 장면에서 시라노는 죽어간다.
그는 누구도 자신을 부축하는 것을 원하지 않는다. 우울함
의 기묘한 메커니즘은 우리가 깊은 나락에 떨어질수록 친
구들이 던져주는 줄을 잡지 않는다는 데 있다. 시라노 드
베르주라크가 유일하게 허용하는 의지 수단은 나무의 몸
통이다. 12음절 시구에 힘을 주기 위해 그는 나무껍질에 손
을 대면서 마지막 행의 원동력을 찾아낸다.

22

시라노 몸을 떨면서 갑자기 일어난다.

— 아니야! 안 돼! 이 의자에서는 안 돼!

사람들이 그에게 달려가려 한다.

— 날 부축하지 마시오! 아무도!

그는 나무에 등을 기댄다.

이 나무 말고는!

아침에 나는 집에서 10킬로미터 떨어져 있는 숲으로 떠났다. 나의 나무를 찾는 게 유일한 목표였다. 나는 습관적으로 나의 원칙에 따라 행동했다. 행동을 생각하고, 생각한 대로 사는 것이다.

길을 잃기에는 나는 이 숲을 아주 잘 알고 있었다. 이곳에서 내 첫 번째 오두막집을 세웠고 올챙이 낚시를 했고 집라인을 만들었으며 처음으로 사슴에게 가까이 다가가 보았다. 활을 깎았고 리아나 잎을 담배처럼 말아 피웠으며 총을 쏘았고 개암나무로 순례 지팡이를 만들었다. 멀리서 여행할 때면 이 숲은 나를 프랑스로 돌아가고 싶게 만들었다.

나는 농부가 되기 위해 이곳으로 돌아왔다. 이곳에서 가족을 안전하게 지키기 위해 폐허가 된 농장을 다시 짓기 시작했다.

나는 동물적으로 숲을 좋아했다. 열다섯 살에는 장화를 신고 나침반을 든 채 한 방향으로 혼자 걷기도 했다. 손전등 없이 나아간 이 어스름한 이틀 밤 동안 내 동물적 감각이 생겨난 걸까?

유랑하며 모험하는 동안 나는 숲의 그늘 아래에서 수천 킬로미터를 돌아다녔다. 양치기가 된 후로는 수호해주는 나무 아래에서 양들과 함께 나날을 보냈다. 나는 운 좋게 두 무리의 양떼를 숲-목농주의로 이끌 수 있었다. 솔로뉴의 양들은 루아르 강을 따라 충적토로 형성된 숲 아래에서 자랐다. 코스나르드 양들은 바로 여기 도르도뉴 강 근처 석회질 고원의 참나무 서식지 아래에서 자랐다.

그토록 많은 나무를 예찬하면서 어떻게 한 그루만 선택할 수 있을까? 나무의 도움을 구하는 것은 나에게 찾아온 액운을 쫓아버릴 수 있는 훌륭한 방법이었다! 우리를 괴롭히는 문제를 견디고 살아가는 최선의 방법은 그것을 가볍게 여기는 것이다. 지금 나를 지배하는 생각을 바꾸기 위해서는 신선한 공기로 기분을 전환해야 했다. 나무는 산소를 배출한다.

숲은 절대적인 고요함이 존재하는 마지막 장소가 아닐까? 율리우스 카이사르가 '장발의 갈리아'라고 적절히 불렀던 프랑스는 이제 전체 국토의 3분의 1이 나무로 덮여 있다. 현실로부터 달아나고 싶은 사람은 나무나 숲 한 구석을 선택해 몇 시간 혹은 며칠 동안 평화로운 시간을 보낼 수 있다.

나는 야생의 은신처를 찾고자 했다. 인적이 드물고 숲 치료를 할 수 있는 은둔처. 가난하지만 부끄러움이 없는 자족생활을 실천했던 그리스 철학자 디오게네스는 자신의 통에 은신하면서 정직한 사람을 찾았다. 이 숲속에서 나는 여전히 이익, 현대성, 안락함에 굴하지 않는 의연한 사람이 있을지 스스로에게 묻는다.

우리를 괴롭히는 문제를 견디고 살아가는 최선의 방법은

그것을 가볍게 여기는 것이다.

지금 나를 지배하는 생각을 바꾸기 위해서는

신선한 공기로 기분을 전환해야 한다.

나무는 산소를 배출한다.

절대적인 고요함이 존재하는 마지막 장소.

나는 야생의 은신처를 찾는다.

양치기 베레모를 쓰고 루스커스[5] 잡목림을 거침없이 나아
가다가 가시덤불 속에서 바지가 찢어진 채로 나는 닷새 동
안 자갈투성이 언덕을 달렸다. 평평한 지형의 참나무와 협
곡 바닥의 너도밤나무를 관찰했다. 작은 초목이 자라는 곳
에서는 라마르틴Lamartine[6] 시의 도입부를 떠올리며 돌아다
녔다.

> 내 마음은 모든 것에 지쳐, 희망에도 지쳐
>
> 더 이상 소망을 품어 운명을 괴롭히지 않으리라
>
> 내 어린 시절의 작은 골짜기여
>
> 이제 죽음을 기다릴 안식처를 잠시 빌려다오.

나는 멀리서 그것을 알아보았다. 나의 참나무! 목초
가 풍부한 초원에 머물던 양떼를 겨울 목축지로 데려갔을
때에도 이 나무는 당당한 풍채로 호기심을 불러일으켰다.
굵고 긴 가지는 유달리 눈에 띄어서, 앞으로 튀어나온 부분
에 밧줄을 쉽게 묶을 수 있을 것 같았다.

이 나무는 확실히 주위의 나무들과 달랐다. 다른 나

무들은 하늘을 향해 무리 지어 붙어 있었다. 수관樹冠[7]은 서로 다닥다닥 붙어 있고, 가느다란 나무줄기는 그늘을 만들지 못했다. 그러나 더 오래되고, 빛을 잘 받은 이 나무만 홀로 드러나 있었다.

나무의 큰 가지는 옆에 있는 나무들의 방해를 받지 않고 수평으로 뻗어 있었다. 당연히 경쟁이 일어났으리라. 나뭇가지들은 햇빛 싸움에서 지지 않기 위해 수직으로 솟아올랐다. 하늘을 향해 들어 올린 팔은 승리를 부르짖는 상징과 같다. 수관에서 나팔 모양으로 벌어진 네 개의 가지는 공중에 오두막을 지을 수 있는 이상적인 기반을 제공하기에 충분했다.

물론 이 독특한 안식처는 나만을 위한 것이 아니었다. 양떼를 먹이기 위해 메마른 황야에 찾아오는 목동들이 있다는 사실을 알게 되었다. 이전부터 사람들은 여기에서 나무 그늘을 누렸던 것 같다. 나무 아래에서 송로버섯이라도 나온 걸까? 덕분에 나무가 들보나 큰 통, 관으로 사용되기 위해 베이지 않은 것 같다.

나는 나뭇가지에서 프랑스의 역사를 조금 엿볼 수 있었다. 나무는 숲속에서 나무를 태워 숯으로 만들던 사람들에게서 벗어났다. 농촌 이탈이 이루어지면서 숲이 나라를 덮쳤다. 농부의 비극은 적어도 나무들에게 자리를 내주는 멋이 있었다.

목농주의가 사라진 상태에서 내 참나무 열매에서 싹이 났다. 인간들이 천 년간 풍경을 가꾸어온 야생이 권위를 되찾았다. 숲은 벌거벗은 석회질 고원 위에 섬세하게 녹색 이불을 끌어당겼다.

다음 날 일어난 한 사건 덕분에 '내 나무'에 대한 선택은 확고해졌다.('내 나무'라고 쓴 것은 애정에서 나온 말일 뿐 나무의 권리를 주장하기 위함이 결코 아니다.) 나무는 밤사이 딱딱하게 얼어붙어 있었다. 담쟁이덩굴 잎과 별모양의 서리가 나무껍질에 매달려 있었다. 나는 나무의 크기를 측정하러 참나무로 갔다가 사슴 두 마리가 누워 있는 걸 보고 화들짝 놀랐다. 그들도 황급히 일어났다. 가만히 보니 한 마리는 이미 뿔이 떨어졌고, 다른 한 마리는 크게 여러 갈래로 나뉜 여섯 개의 뿔을 지니고 있었다. 사슴을 보자 내 안에 있던 신석기 시대 사냥꾼의 원시성이 동요했다. 사슴의 위력과 위엄 앞에서 나는 신비한 이상향의 위대함을 느끼며 감탄했다. 사슴은 머리에 가지를 지니고 있다.

나는 사슴이 다니는 길을 따라 그들이 도망간 길을

쫓아갔다. 좁은 발자취에서 몇 개의 사슴 배설물을 찾았다. 더 멀리에는 부러진 나뭇가지에 새김질을 한 이빨 자국이 있었다. 그들은 참나무의 탄닌[8]에서 그랑 크뤼[9]를 맛보기를 바라며 나무껍질을 열심히 긁었으리라.

산은 사슴과 동물에게 겨울 휴양지를 제공한다. 그들도 인간처럼 골짜기에서 내려다보는 것을 좋아한다. 11월 초에는 십여 마리의 사슴 떼가 내 울타리를 뛰어넘었다. 숲에 사슴의 울음소리가 울려 퍼졌고, 나는 붉은 사슴이 출발할 때가 임박했음을 알았다. 어느 곳으로 가는지는 모르지만 사슴은 봄이면 길을 떠난다. 그리고 변함없이 계절과 출생의 추를 따라 가을이면 돌아온다.

일부 현명한 조상들은 사슴의 이동에 따라 집의 위치를 정했다. 그들은 동물들이 규칙적으로 밤을 즐겨 보내는 곳을 관찰한 뒤 그 자리에 집을 지었다. 땅, 단층, 지하수, 수원, 바람이 장소에 따라 생존에 유리한 강점을 제공한다는 사실을 그들은 알고 있었다. 그것은 믿음의 영역이 아니었다. 그들은 동물에게서 자연의 신비를 깨달았다. 인간은 자연에 있다는 이유만으로 자연의 방식으로 살아가는 게 아니었다. 나도 이제 그 작은 길을 따라가려 한다.

사슴들은 내 참나무 밑동을 힘을 겨루는 매트로, 뛰

어놓기 위한 침대로 골랐다. 그들은 나무의 뿌리와 줄기가 이어지는 부분을 잠자리로 삼았다. 이제 이곳에 집을 짓겠다는 결론은 분명해졌다.

나는 참나무에 기어올랐다. 나무 위에 작은 오두막을 지을 만한 능력이 있는지 모른 채 네 개의 큰 나뭇가지 사이에 집을 짓겠다는 방책을 세웠다. 나는 대체로 모든 일에 재능이 있지만 그렇다고 특별히 어떤 일에도 재능이 없다는 사실을 잘 알고 있었다.

4

— 그걸 폐기장에 버릴 뻔했다니까.

내가 건넨 150유로를 받으며 아주머니가 말했다. 그
는 지폐를 꽃무늬 블라우스 주머니에 집어넣었다.

— 아주 좋은데요.

나는 작은 창유리가 있는 참나무 창문 열두 개를 막
구입한 참이었다.

— 남편이 리베락인가의 소목장이한테 만들어
    달라고 맡겼어요. 전후의 일인데…… 지금은
    나 혼자거든요. 아이들이 자주 오지는 않지만
    인터넷을 설치한 이후로는 나한테 사진으로

안부를 보내줘요. 늘 그렇죠.

꽤 비싼 값을 치른 이 창문은 공중 온실에서 가장 아름다운 부분이 되어줄 것이다. 창문을 판 아주머니는 정부지원금으로 새 이중창틀을 설치하게 되었다며 기뻐했다. 자녀들도 그녀가 따뜻하게 지내게 됐음을 알고 안심할 것이다.

나는 주장한다. 인터넷처럼 이중창도 모든 집에 설치되어야 한다고. 차단과 연결은 동시에 집에 작용한다. TV를 켜면 광고에서 "선량한 여러분, 차단하세요!"라고 떠벌린다. 사람은 연결될수록 고립된다. 따뜻해질수록 혼자가 된다.

작은 창유리를 가진 창문을 갖게 되어 기뻤다. 개탕 대패질이 되어 있고 쐐기를 박았으며 손으로 만든 주철 톱니 궤도가 있다. 잘 보존하면 몇 세기도 갈 수 있을 것이다.

계산을 치르고 나가며 나는 쇠시리^{나무나 돌의 모서리나 면을 모양지게 깎아 만든 것. 편집자}로 장식된 돌 문설주^{문짝을 끼워 달기 위해 문의 양쪽에 세운 기둥. 편집자} 현관을 지나갔다. 거꾸로 된 강철활 모양의 황갈색 상인방이 15세기를 나타내고 있었다. IHS[10]라고 읽히는 십자가가 위에 있는 거석^{트石}이었다.

— 이 집은 고딕 양식으로 지어졌나요?

— 사람들이 옛날에 지어졌을 거라고 그러더라고요!

— 맞아요! 그런데 어느 시대죠?

하얀색 고분자 중합체polymer로 이루어진 두툼한 설주
가 달려 있는 새 문틀은 견고한 페리고르의 매력에 칼자국
을 냈다. 돌을 그라인더로 자르고 PVC를 끼웠다.

2월 말, 나는 오두막집을 짓기 시작했다. 꼬박 한 달이 걸렸
다. 발전기, 직소기나무판자를 자르는 전기 모터 공구. 편집자, 절단기,
연마기, 대패, 드라이버…… 한동안 휴식을 취했던 농업 장
비가 새 일거리를 찾았다.

불혹의 나이에 오두막을 짓는 건 마법 같은 일이다.
어린 아이의 꿈을 실현해주는 어른의 능력과 힘이라고 할
까. 물론 나는 목공에 재능이 없다. 나무에 대한 애정만 가
득할 뿐. 그래서 계획에 철저히 순종하기로 했다. 하루 다섯
시간에서 일곱 시간까지 대부분 혼자 일했다.

오두막 짓기는 내 안에서 부서진 무언가를 다시 세

우려는 서투른 시도다. 옆으로 한 걸음 나아가면 결국 앞으로 한걸음 나아갈 것이다. 판자의 세로버팀대를 조일 때마다 나는 같은 말을 되풀이했다. "잘 되고 있어. 넌 아직 뭔가 할 수 있잖아." 말은 피가 되고 살이 되는 법. 내면의 말은 내 삶에 힘이 될 것이다.

하루는 친구 피에르가 뼈대가 될 기둥목을 고정하는 일을 도와주러 왔다. 시작은 순조로웠다. 그러나 줄로 나뭇가지에 몸을 묶고 땀을 흘리며 일하다가 욕설을 내뱉기까지는 얼마 걸리지 않았다. 우리는 줄을 잡아당겼다. 힘주어 당길 때마다 두 개의 거대한 아카시아 나무 마스토돈[11]이 몇 센티미터씩 올라갔다. 우리는 선원이 갑판에서 큰 돛을 끌어올리듯이 허리에 한껏 힘을 쓸 때마다 "끙"하고 소리를 냈다.

다행히 후려치듯 불던 겨울 질풍의 채찍질이 약해졌다. 순풍이 우리를 돕는다. 두 개의 들보 중 첫 번째 들보를 고정시키고 그 위에 앉았다. 돛의 활대에 앉은 견습 선원처럼 덩굴과 이끼, 루스커스가 있는 고요한 바다 같은 허공에 발을 늘어뜨리고 우리는 수통 째로 물을 마셨다. 피에르가 물었다.

— 오두막은 몇 제곱미터야?

— 대략 6제곱미터. 나뭇가지 아래에 이층침대를
  놓고 테라스도 만들까 해.

— 오두막에서 뭘 하려고? 지루할 텐데, 무섭지
  않아?

— 나무를 탐사할 거야. 집에서 우울해하며 빙빙
  도는 것보다는 낫겠지.

— 그만 좀 해. 너의 그런 태도에서 낙담이 나오는
  거야.

— 적어도 태도는 말이라도 되지. 이건 낙담이
  아니야. 나쁘게 말하면…… 아마도 절망?

— 낙관적인 태도가 일을 더 잘되게 한다는 건
  사실이야. 좀 더 긍정적으로 보는 건 어때? 몇
  달이 지나면 괜찮아질 거야.

— 내가 어떤 일을 겪었는지 알고 있는 네가 그렇게
  말하면 안 되지. 어떻게 그런 말을 할 수 있어?
  베르나노스[12]는 낙관론에 대해 "겁쟁이와 바보를
  위한 헛된 희망"이라고 했어. 내 생각도 같아.
  낙관론은 행복의 변비 환자에게 주는 반짝이
  좌약이야. 순간의 속임수. 열정적으로 달려들지

않으면 행복 전도사나 친구들이 긍정적인
사고라는 작은 좌약을 주곤 하지.

— 제발 좀 진정해!

— 알아. 결과가 나쁘지 않도록 좋은 마음과
회복력을 가지라는 거지. 얼마나 고마운지!
스마일리처럼 존 르 카레의 스파이 소설의 주인공 조지
스마일리는 세계가 이렇게 바뀌어야 하며 그것이 옳다는 믿음을
갖고 있다. 설령 그 세계로부터 배반당하거나 세계가 자신의
이상과 다르다는 사실을 깨달은 후에도 그 믿음을 고수한다. 『추운
나라에서 돌아온 스파이』 등이 번역되어 있다. 편집자 말하고
별똥별 같은 소리를 해대며 주변 사람들을
낙담시키지 않을 의무가 내게 있다는 거 아냐.
그건 미친 짓이야. 항상 행복해야 한다는 의무
말이야. 고맙지만 내겐 통하지 않아. 나도
해봤어. 정말이야. 그런데 밑바닥에 있으면 별은
보이지 않더라. 그냥 별이 존재한다는 생각을
끄집어내려고 애쓸 뿐이지.

— 그래, 그래, 알았어, 흥분하지 마. 그런데 넌
아주……

— 잠깐, 들어 봐! 무슨 소리지?

우리는 잎이 다 떨어진 커다란 V자 모양의 나뭇가지 사이에서 소리를 알아차리기 위해 고개를 들었다.

— 야생 거위야!

대열에서 이탈한 거위 세 마리가 자리를 되찾으려고 애쓰고 있었다. 우리는 깃털로 이루어진 커다란 선이 파란 하늘에서 펼쳐진 광경을 말없이 올려다보았다. V자를 거꾸로 한 듯한 회색 문양이 창공을 배경으로 펼쳐져 있었다. 자연의 문장학은 상징과 신호로 가득 차 있다. 거위의 비행 덕분에 피에르는 내 한탄을 더 이상 듣지 않게 되었다. 날개가 부딪치는 소리, 꺼억꺼억 우는 소리가 이어졌다. 나는 이 커다란 새를 좋아한다.

우리 가족은 농장에서 페리고르 거위를 키웠다. 처음에는 수십 마리였다가 나중에는 백여 마리에 이르렀다. 모성애가 강하기로 소문난 어미 거위에게서 태어난 새끼들이 수컷 거위의 보호를 받다가 아이들을 졸졸졸 따라다닌 모습이 지금도 선명하다. 나는 아이들을 위해 커다란 거위 알 프라이를 하고, 게랑드 소금프랑스 소도시 게랑드에서 생산되는 명품 소금. 편집자으로 맛을 돋우곤 했다.

내 나무는 새들이 이동하는 거대한 야생 항로에 놓여 있다. 철새들은 세상이 변치 않는 것에는 결코 열광하지 않는다는 진리를 알려준다. 거위들은 별을 향한다. 생명체가 스마트폰의 위치 정보가 아니라 여전히 천체에 연결되어 있다는 점이 나를 안심시킨다. 별은 방향을 제시한다. 북쪽으로 올라가는 야생 거위는 수액의 상승을 알린다.

오후 한나절을 일하자 내 은둔지의 공중 토대가 단단하게 고정되었다. 기온도 올라갔다. 밤에는 여전히 기온이 영하로 내려가지만 낮의 햇살은 길게 이어진다. 낮은 수줍어하며 나무 밑동을 가볍게 쓰다듬고 땅을 데운다.

촘촘히 무리를 이룬 유포르비아_{Euphorbia, 대극과에 속하는 속씨식물. 다육식물부터 선인장까지 다양하며 주로 온대 지방 이상에서 자란다.} 편집자는 경기병이 공격하듯 작은 초목에 향을 퍼뜨리면서 연녹색 깃으로 나팔을 분다. 내가 마룻바닥을 조정하고 유리를 끼운 벽을 조립하는 동안 사향 냄새가 나는 방향성 수지가 파도처럼 밀려왔다. 식물은 나뭇잎이 햇빛을 가리기 전에 빨리 꽃을 피워 번식해야 한다.

몇몇 뒤영벌은 끊임없이 원무圓舞를 추며 기쁨과 번식을 바라며 암술이 있는 꽃잎을 치근거렸다. 큰 나무 아래

자리한 작은 초목에게 봄은 빛을 향한 경쟁이나 다름없다. 참나무의 발아라는 흔치 않은 정경을 목격하기를 바란다면 서둘러야 한다. 그리스 신화의 님프와 숲의 요정이 초록색 가지로 장식하는 것을 찬탄하려면 서둘러 지붕의 판자를 나사로 고정해야 한다.

오두막을 짓는 동안 나와 울새는 서로 정이 들고 말았다. 그는 언제나 동쪽에서 와서 땅을 샅샅이 뒤지다가 4~5미터 거리를 두고 내 참나무 위를 비행했다. 울새는 인간 곁에 있는 것을 좋아한다. 그는 언제나 나를 유심히 살폈다. 그에게 내가 침입자는 아니었을까? 겉보기에 무해한 이 새는 매우 공격적이다. 자신의 영역을 지키기 위해 작은 깃털 뭉치는 언제든지 화를 낼 수 있다. 적에게 위압감을 주기 위해 겁에 질린 전음顫音[13]을 내면서 가슴을 불룩 내민다. 그것으로도 충분하지 않으면 발톱과 날개, 부리로 공격하고, 때로는 죽을 때까지 이어지는 결투를 신청한다.

내가 전동 드라이버나 망치 사용을 중단할 때면 우리는 오랫동안 서로를 관찰했다. 평범한 울새였지만 나는 관심을 거두지 않았다. 갑자기 나와 새 사이의 공간이 거대하게 다가왔다. 시간은 존재하지 않았다. 세상에서 영원은 한순간에 지나지 않는다.

가족이 없다는 점을 제외하면 나무 위에서 사는 일은 모든 면에서 즐거웠다. 마틸드는 나의 불안과 실패, 일탈에 대해 모르는 것이 없었다. 아내는 나를 내버려두었다. 가끔 괴로워했지만 그렇다고 평가하지도 불평하지도 않았다. 단테가 어두운 나무숲을 지날 때 베르길리우스Publius Vergilius Maro, 고대 로마의 시인. 편집자나 뮤즈 베아트리체Beatrice, 단테의 생애를 통해 사랑과 시혼의 원천이 되었던 여성. 편집자가 있었듯이 아내는 가장 믿을 만한 안내자였다.

내가 나무에 집을 짓고 살겠다고 했을 때 마틸드는 흔쾌히 수락해주었다. 참나무에 올라가 우스꽝스러운 짓을 하는 걸 내버려두면서 아내는 나무가 자신이 본래 알았던 남자, 남편이자 아이들의 아버지로 돌려보내주기를 바랐는지도 모른다.

아이들은 이따금 숲에 와서 오두막 공사가 진척되는 상황을 보고 즐거워했다. 마룻바닥이 완성되자마자 아이들의 눈이 반짝거렸다. 참나무는 거목이었다. 아이들의 눈에 오두막은 쉽게 접근할 수 없는 존재였다.

행복은 가족 안에 있다. 그 행복, 접촉, 포옹을 알지만 지금은 함께할 수 없다. 제 아무리 특별한 삶이더라도 내 곁에 있는 한 상처받을 수밖에 없다. 사랑을 보면서도 교감

할 수 없다면 이것이 인간에게 주어진 지옥이 아닐까?

나의 실패에 대해 가족에게 어떻게 말해야 할까? 나를 버리는 일은 여태껏 겪은 사건 중에서 가장 힘든 일이었다. 죽어가는 씨앗은 추위에서 살아남아 싹을 틔우게 될지 알지 못한다. 생명에게 겨울은 매우 긴 밤이다.

나의 몰락은 명예롭지 않다. 동시에 흔히 있는 일이다. 농부로서 혹은 베레지나^{Bérézina} 강[14]을 가로지른 기획자에게 특별한 일이 아니다. 내가 감정을 무한정 표출할 수 없는 이유다. 나는 고통의 짐을 세상의 무게에 더하지 않을 것이다. 과거의 불행에 눈물을 뿌리면 다른 불행이 자라난다.

"사람들에게 뭐라고 해야 할까?" 생텍쥐페리는 마지막 비행을 앞두고 스스로에게 물었다. 나는 사람들에게 할 말은 없지만 사랑하는 이들에게 어떤 글을 남겨야 할지 알고 있다. 어쩌면 그것이 이 후퇴의 진정한 이유일지도 모른다. 불행을 쫓기 위한 잎과 말의 위안. 나는 은신처를 만든 힘으로 줄쳐진 종이 위에 문장을 늘어놓는다. 숲의 작은 미덕을 가족과 나눈다.

자연은 상징과 신호로 가득 차 있다.

나무는 새들이 이동하는 거대한 야생 항로에 놓여 있다.

철새들은 세상이 변치 않는 것에 열광하지 않는다는

진리를 알려준다.

거위들은 별을 향한다.

생명체들이 스마트폰의 위치 정보가 아니라

여전히 천체에 연결되어 있다는 점이 나를 안심시킨다.

별은 방향을 제시한다.

5

3월 16일

한 달 후 오두막이 완성되었다. 대출발을 앞둔 며칠 전 우리는 파티를 열었다. 나는 그 시간을 누리기 위해 오두막에서 가족들을 기다렸다. 달려온 딸들이 먼저 도착했고 막내아들이 따라왔다. 아들이 나무로 뛰어오면서 소리쳤다.

— 아빠, 아빠!

세 살짜리에게 가시덤불과 루스커스, 죽은 나뭇가지는 작은 전사의 시련을 나타낸다.

— 아빠, 엄마가 찾았는데……

누나들이 함께 반사적으로 말을 중단시켰다.

— 쉿! 말하면 안 돼!

— 이리 와, 참나무 밑으로 와. 아빠가 밧줄을

    던져줄게. 엄마가 와서 밧줄에 묶어주면 아빠가

    끌어올려줄 거야.

⁓⁓⁓

어렸을 때 나무 오르기는 내가 좋아한 놀이 중 하나였다.
나는 커다란 보리수나무에서 아래를 향해 거꾸로 내려오
곤 했다. 삼나무, 소사나무, 너도밤나무의 팔이나 어깨에서
돌아다녔다. 내 은신처는 이미 나뭇가지였다.

    나는 원숭이처럼 나무를 올랐지만 얼굴을 찡그릴 줄
도 알았다. 어느 날 식사 중에 아마도 호박 그라탱이 나왔
던 것 같은데, 부모님이 내게 식탁에서 일어나라고 했다. 나
는 주목을 피난처로 삼아 거기에서 오후를 보냈다. 나무 덕
분에 다른 시각으로 볼 수 있었다는 사실을 안다. 백년 된
밤나무 아래 첫 그네를 가지게 된 뒤로 나무와 깊은 사랑
에 빠졌다. 사람들은 항상 자신이 사랑하는 이의 품으로 도

피한다.

나는 나무 위에 진짜 오두막을 짓겠다는 꿈을 키웠다. 실패에도 좋은 점은 있었다. 내 우스꽝스러운 짓을 정당화할 필요 없이 소원을 실현할 수 있었기 때문이다. 때로는 성인의 삶에서 벌어지는 악몽이 아이의 꿈속에서 흐릿해진다. 오두막에 대한 몽상을 실현하려 하면 성실함이 깎여버린다. 얼마간 세상에서 물러나 은거하면 현실에 만족하지 않는다는 의심을 받게 된다.

'함께 사는 것'에 행복해야 할 때 왜 동류들을 떠나길 바라는가? 축구, 드라마, 선거는 충분한 오락거리가 아닌가?

잘못을 저지른 사람들만이 '갇혀mis en cabane' 있다. 일부러 갇혀 있기를 바라는 것은 굉장히 수상쩍다. 많은 사람들이 회사에서 일하고 있는 시간에 도피하는 이들은 불순분자다. 그래서 숲에 오두막을 짓겠다는 것은 '탈출'을 말하는 것이다. 당연히 사람들은 당신을 시기하거나 비난할 것이다.

마틸드가 멀리서 쾌활하게 말했다.

— 내가 뭘 찾았게?

아내가 두 손으로 답을 트로피처럼 흔들었다. 그건 정말 트로피였다. 사슴 트로피였다.

— 멋진데!

사슴뿔은 관리국 텐트에서 몇 미터 떨어진 곳에 있었다. 나는 석 달 치 식량이 들어 있는 커다란 금속 트렁크에 사슴뿔을 넣었다.

— 나무에 뿔이 몇 개 있어?
— 여섯 개!

딸이 외쳤다.

— 이제 뿔이 열두 개야. 아빠, 열두 개야. 우리는

　　정말 운이 좋아!

— 올라와, 축하해야지!

— 이제 올라갈 수 있는 걸 만들었네.

　마틸드가 가리켰다. 아내는 사다리가 필요하다고 했다. 오두막을 짓는 동안 나는 참나무 그늘에서 자라난 작은 너도밤나무를 이용해 6미터를 오르내렸다. 나무 한가운데에 가기 위해서는 큰 나뭇가지를 들고양이처럼 걸어야 했다. 나무 위에서 지내는 데 사다리가 왜 필요한지 알 수 없었지만 아내의 말에 동의하기로 했다. 사다리는 일요일마다 숲에 올 아내와 아이들을 위한 장식이다. 사실은 나무에 올라가고 싶다는 아내의 부탁이 꽤 좋았다.

— 여기에서 지내는 동안 오두막에서 떨어지지

　　않도록 해.

— 그거 멋진 묘비명이 되겠는데.

— 무슨 생각을 하는 거야?

— 도토리처럼 떨어지듯이 살다가 죽다!

6

우리는 간신히 서 있었다. 아이들은 수납함 위에 자리 잡았다. 나는 아무도 떨어지지 않도록 서둘러 창문을 닫았다. 모두들 오두막을 둘러보겠다고 했다. 오두막은 전부 유리로 된 육각형 모양이었는데 구형에 가까운 형태는 숲의 유르트[15]처럼 보였다. 페리고르의 돌로 만든 작은 오두막, 양치기의 오두막이 공중에 날아오른 듯했다. 가로등 나무 끝에 있는 유리로 된 육면의 커다란 등처럼. 협소한 공간은 범선에 탄 것처럼 생활을 정비하게 만든다.

남쪽: 책상과 등받이 없는 의자. 중간 높이의 선반에는
           유리병(파스타, 쌀, 설탕, 호두, 건과류), 하모니카,
           새 피리가 있다. 바깥에는 태양 아래 샤워용
           물탱크가 있다.

남서쪽: 나무 위에서 지낸 날을 헤아리기 위한 음력 달력.

책들. 허공에 돌출해 있는 삼각 모양의 작은 테라스. 나무의 굵은 가지가 테라스를 유연하게 떠받치고 있다.

서쪽: 화장실. 거울, 양철 대야, 20리터들이 식수 두 통, 연장이 있는 수납함.

북쪽: 선반 위의 옷. 바깥 난간에 매달려 있는 편의품. 양동이 하나. 오두막 공사 중에 모아둔 톱밥을 가득 채워둔 양동이는 수세식 변기를 대신한다.

북동쪽: 부엌. 프라이팬과 냄비, 일상적으로 쓰는 식기와 조미료가 들어 있는 두 번째 수납함. 한쪽에는 작은 가스레인지가 있다.

동쪽: 일출 방향으로 선반 위에 예배실이 있다. 예수의 수난상, 이른바 뎅드리트Dendrite라는 (나무에 피신한 은자) 다윗의 성상, 초 두 개, 종이 향초.

내 이층침대는 바닥에서 1미터 50센티미터 높이에, 두 개의 나뭇가지 사이에 자리를 잡고 있다. 구부러진 나뭇가지 하나는 내 베개를 지탱하고, 다른 나뭇가지는 내 발을 간지럽힌다. 경사진 망사르드식 지붕과 천장은 매끈하게 처리되지 않은 긴 판자로 이루어져 있다. 판자 두 개는 골조 위에 기와처럼 서로 겹쳐서 아카시아 말뚝으로 고정했다. 지붕 중앙에는 특이한 궁륭穹窿, vault, 홍예(Arch)로 인해 천장 또는 지붕이 형성된 것을 가리키는 건축 용어. 편집자이 있고 원형의 유리판이 조립되어 있다. 지붕의 창은 열 수 있고 내가 나갈 수 있을 정도로 충분히 넓다. 원한다면 나무 지붕 위에서 춤추거나 높은 나뭇가지로 도주할 수도 있다. 침대에서 하늘을 향해 나 있는 창은 눈 뜬 채로 꿈꾸기 위한 것이다. 매일 이 빛의 우물이 내 서식지인 둥근 나무 지붕으로 된 자그마한 판테온에 흘러넘친다.

밤이 되면 주변을 밝히기 위해 봄볕도 이용한다. 리베르농 석회질 고원의 동료 사육자 세바스티앙이 작은 태양광 패널을 설치하는 것을 도와주었다. 나는 태양 전지판과 양떼의 전기 울타리에 사용한 배터리를 재활용했다. 정남쪽을 향하고 있는 인근 나무에 그것을 달았다. 태양광은 전구 하나를 켜는 작은 전류를 제공해준다.

나뭇가지 네 개가 가로지른다. 마룻바닥의 중앙에서 시작된 나뭇가지는 나팔 모양으로 벌어져 가지에 맞추어 재단된 지붕을 가르고 나간다. 오두막의 구조는 가지 전체에 맞추었다. 어떤 사람들은 나무를 껴안는 것을 좋아하지만, 여기서는 나무가 나를 부둥켜안고 있다. 나무는 공간을

51

껴안고 있고 나는 싫증이 나지 않는다.

한 달 만에 나는 얼굴을 들 수 있었다. 오두막은 풍경에 흠
집을 내지 않았다. 훗날 땅으로 돌아갈 수 있는 유기적인
재료로 만들어졌고 나무, 유리창, 나사에 700유로도 채 들
지 않았다. 가장 확실하게 꿈을 실현하는 방법은 우선 터무
니없는 공상을 할 줄 아는 것이다.

　　내 은둔 생활은 아름답고 소박하다. 이 생활은 나무
와 나의 필요에 적합한 규모로 이루어졌다. 이곳에는 일회
용품과 플라스틱, 해시태그(#)와 화폐가 존재하지 않는다.
균형이 유지된다. "작은 것이 아름답다Small is beautiful"라고
출입구에 새길 수도 있을 것이다. 입구에는 방위 표시도를
새겼다. 중심이 되는 육면의 창문은 숲으로 360도의 전망
을 제공한다. 숲과 빛이 유일한 방에 밀려들어온다. 작은 내
부가 커다란 외부에 열려 있다. 숲의 발코니다.

　　이 오두막은 내가 꿈꾼 것보다 훨씬 더 성공적이다.
나는 자신의 손에서 나온 것에 놀란 장인이다. 나뭇가지가
나를 이끌었다. 오두막은 나무와 함께 자랐다. 사람은 자신
을 능가하는 것을 만들어냈을 때 성장한다.

우리는 집들이 대신 사슴뿔을 걸었다. 사슴이 작별 인사로 남긴 선물이다. 봄마다 사슴과 내 참나무는 다시 살아난다. 하나는 뿔로, 다른 하나는 가지로. 나는 가지의 수혜자다. 숲의 왕인 사슴의 가지 뿔. 나무의 왕인 참나무의 가지.

오두막은 준비되었고 닷새 후 나는 이곳에 자리 잡을 것이다. 아이들은 새 피리를 갖고 침대 위에서 놀았다. 그들을 보자 화살 하나가 나를 관통했다. 아이들이 나와 같은 아버지에게서 삶을 향상시킬 버팀목을 발견할 수 있을까?

내 은둔 생활은 아름답고 소박하다.

이 생활은 나무와 나의 필요에 적합한 규모로 이루어졌다.

이곳에는 일회용품과 플라스틱, 해시태그와 화폐가

존재하지 않는다.

균형이 유지된다.

숲과 빛이 유일한 방에 밀려들어온다.

작은 내부가 커다란 외부에 열려 있다.

숲의 발코니다.

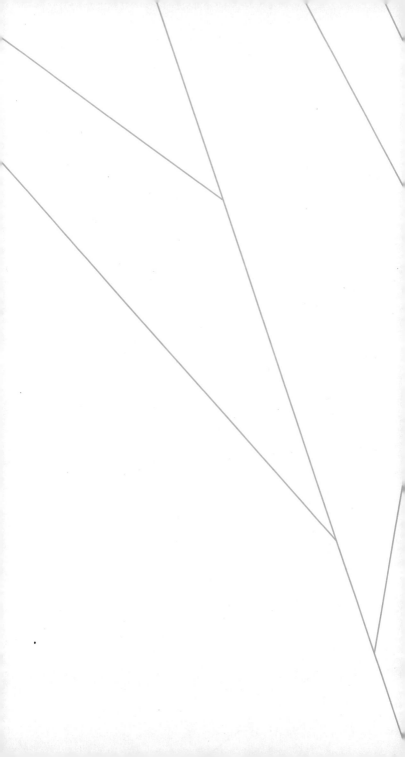

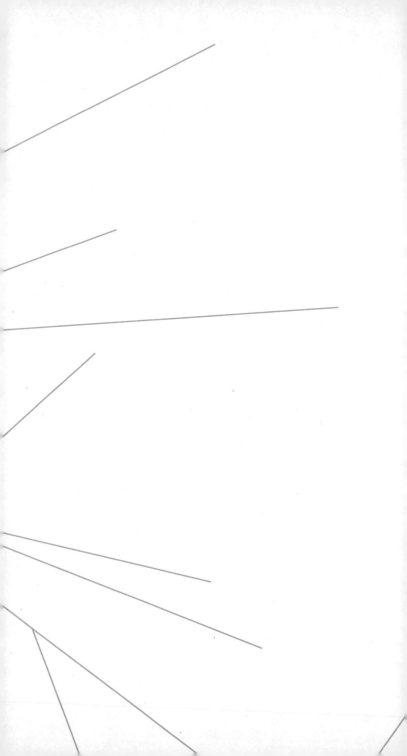

봄

7

3월 21일. 오전 10시

출입구를 지나자마자 나는 남서쪽 창문을 열고 난간으로
나간다. 밧줄에 매달아놓은 묵직한 바구니를 끌어올려 지
난가을에 소독해둔 유리병 몇 개를 꺼낸다. 양고기 볼로네
즈, 사과 자두 조림, 리예트[16], 거위고기 조림. 집에서 만든
호두빵, 수통, 쌍안경, 확대경도 내놓는다.

바구니 바닥에는 작은 천 주머니가 있다. 오두막을 지
으면서 나는 며칠에 걸쳐 도토리를 충분히 모았는데 일부
는 이미 보랏빛이 도는 어린뿌리를 내밀었다. 도토리를 분
류하는 데 한 시간 남짓 걸렸다. 이물질이 섞인 것과 벌레
먹은 것은 밖으로 내던지고 백여 개는 접시 위에 늘어놓은
채 밖에서 건조시켰다. 몇 주 후 햇볕이 때맞춰 나오면 도토
리는 내게 숲의 향을 제공해줄 것이다.

두 번째 임무는 물이다. 샘은 근처 언덕 위의 숲에 감춰져 있다. 샘물은 석회암 단층에서 흘러나온다. 나는 당나귀의 도움을 받는다. 이 충직한 친구와 함께 유럽을 가로질러 3천 킬로미터를 나아갔었다. 오두막에서 500미터 떨어져 있는 곳에서 당나귀는 양떼와 공유하던 목장을 혼자 누리고 있다. 나는 당나귀에게 길마소나 말의 등에 얹어 물건을 운반하는 데 쓰는 연장. 편집자와 가죽 안장을 장착하고 그 안에 물통을 집어넣는다.

공중에서 내려다보니 샘은 가까이 있었다. 하지만 경사가 너무 가팔라서 지름길로 갈 수는 없었다. 그래서 나에게는 가장 빨라 보이는, 계곡으로 우회하는 방법을 택했다. 15분 후 나는 가늘고 맑은 물줄기에 도착했다.

물줄기의 경로를 따라 돌에 홈이 생겼다. 석회암 침전물은 흰색과 황토색의 암벽을 매끄럽게 만들면서 명암을 만들었다. 샘은 두 개의 작은 못으로 흘러 들어가는데 그 안에는 올챙이가 우글거렸다. 곧이어 샘은 숲에서 사라져버렸다. 멧돼지들은 이 진흙물 분출을 진흙탕 우리로 만들어버린다. 고사리와 골고사리가 석회질 고원의 열기로 생긴 습기에 몰려든다. 송악의 덩굴이 시의적절하게 물을 살짝 스친다. 노루는 물을 마시며 발자국을 남긴다.

나는 그들을 따라 양철통과 샤워할 때 쓰는 가죽부대에 물을 채웠다. 제대로 고정되지 않은 물통이 넘어져서 물이 쏟아졌다. 물통을 샘의 물줄기에 잘 맞추기 위해 돌하나를 들어올렸다. 붉은색 반점이 있는 검정 도롱뇽이 돌아래 웅크리고 있었다. 수세기에 걸쳐 존재해온 이 동물을 가능한 한 방해하지 않기 위해 나는 다른 돌을 잡았다.

돌아오면서 나는 물통에서 물을 한 잔 따라 마셨다. 시원한 물 한 모금이 몸에 달게 스며들었다. 한 잔 더 마셨다. 내몸 안에 흐르는 물이 나를 미소 짓게 했다. 나는 고개를 젖히고 눈을 감았다. 숨을 들이쉬었다. 물에서 기분 좋은 바위 냄새와 수고의 맛이 났다. 물 두 통을 나르자 땀이 조금났다. 출입구에서 나와 돌아가기까지 40리터의 물을 나르는 데 1시간 30분이 걸렸다. 다른 쪽 비탈에 흐르는 샘물은 맑고 공짜였다. 물은 흔한 것이 아니다. 물은 내가 들이는 시간에 의해 귀한 것이 된다. 며칠이나 스스로의 힘으로 살수 있을까? 절대 물 한 방울도 놓쳐서는 안 된다.

내가 샘에 가듯 나무는 뿌리에 간다. 나무는 부식토에서 봄을 찾으려 한다. 휴면 상태에서 깨어나기 위해 참나무는 땅 밑에서, 그리고 껍질 밑에서 무수한 노력을 한다.

그는 편히 잠들지 못한 채 우선 냉해로부터 스스로를 보호한다. 겨울이 끝나갈 무렵이면 잔뿌리로 물과 양분, 무기물을 끌어올린다. 뿌리가 영양분으로 가득 차면 압력이 생기고 뿌리가 밀어낸 영양분이 도관을 통해 높은 곳으로 퍼진다. 펌프질이 시작된다. 수액의 부름. 나무는 뿌리를 통해 잠에서 깨어난다. 수세기에 걸쳐 만들어진 이 해법을 마비 상태에 있는 사회와 인간에게 처방해야 할 것이다. 나는 수액으로 살아가고 싶다는 갈망을 해소한다.

샘물, 숲, 오두막, 책, 가족. 내 눈 앞에 최선의 삶을 위한 모든 것이 모였다.

오후 10시

첫날 밤, 천체가 순조롭게 정렬해 있다. 춘분의 슈퍼문이 뜬다. 달은 평소보다 지구에 더 가까이 있고 달의 가시 표면은 더 크고 더 빛난다. 달은 나뭇가지 위에 거대하고 투명한 구球로 솟아오른다. 때로 달은 자기 구역을 벗어나 인간들에게 몸을 굽혀서 발돋움을 하면 붙잡을 수 있을 것 같다. 나는 가장 좋은 곳에 자리 잡는다. 푸른 밤은 달의 둥근 형체를 돋보이게 드러낸다. 천체가 낳는다. 겨울의 물결이 물러간다고 식물계에 분명하게 알린다.

나의 참나무는 달의 매력에 민감하다. 나무의 새순과 나이테는 수액으로 박동한다. 대양과 같이 수액과 나무의 물에는 물결이 있다. 달빛은 뮤즈로서 나뭇가지를 끌어당긴다. 나무는 실제로 뻗어나가고 줄기는 약간 변화한다. 신중한 벌목꾼은 적절한 달의 주기에 따라 나무를 벨 줄 안다. 그는 달빛에 벌목을 비춘다. 성당이나 선박에 쓰는 목재는 적절한 달의 주기에 박아 넣었을 때 벌레와 오랜 세월에도 변형되지 않고 더 잘 버텼다. 경험에 기초한 것이었지만 그는 대지의 성당 중앙 홀^{nef}이나 바다의 범선[17] 모두 하늘에 의존한다는 사실을 완벽히 알고 있었다.

천체와 나무는 함께 흔들린다. 사람들은 나무들에게 숨 돌릴 틈을 주어야 했다. 롱사르[18]가 바랐듯이, 팔을 휘두르는 도살자 로봇이 조금이라도 멈추어야 했다.

그대가 넘어뜨린 건 나무가 아니다

떨어지는 피가 보이지 않는가

딱딱한 껍질 아래 살고 있던 님프들이?

나는 톨킨처럼 나무의 말을 하게 되기를 꿈꾼다. 때로는 나뭇잎에 몇 마디를 속삭여보기도 한다. 나뭇잎들이 분자, 향기, 균근망 나무뿌리 근방에 얽혀 있는 균근을 통해 나무 개체 간에 구축된 소통망. 편집자으로 서로 소통한다는 것을 알고 있다. 나무는 자기 주변에, 그리고 바람에게 말을 건넨다. 나무를 오랫동안 바라보면 나무가 우리에게 말하고 싶어 한다는 것을 알 수 있다. 무절제한 우리는 나뭇잎의 수다를 들으려 하지 않는다.

오늘날 세계는 철저히 사람을 물어뜯는 개다. 존재하지만 중요하지 않은 것은 매우 좋아하면서 결국 중요하지만 보이지 않는 것은 더 이상 알지 못하게 되었다. 물론 마음으로만 잘 볼 수 있겠지만 보이지 않는 것에 대한 취향은 어떻게 되찾을까?

나는 박물학자가 아니라 애호가로서 나무를 오른다. 연구자도 아니고 삼림관리인도 아니며 몽상가로서 숲과 나무 꼭대기를 활보한다. 나무를 연구하는 사람이 아니라 나무의 가르침을 받는다. 버섯을 따러 가듯 매혹적인 열매를 조금 주워 모은다. 야생 동물을 추적하고 장작불로 요리하고 별 아래에서 잠을 자며 뗏목을 타고 강을 내려간다. 나는 세상에 속하지 않은 채 세상 속에서 살고자 샛길로 간다.

나는 샘의 노래를 듣고 나무처럼 생각하며 도마뱀이나 풍뎅이와 이야기하고 여우에게 인사를 건넨다. 너도밤나무의 매끄러운 껍질을 피부처럼 어루만진다. 그리고 송충이가 갉아 먹어 구멍이 난 보리수나무 잎을 보면서 나비의 첫 비행을 추측해본다.

오후 10시

숲에서 첫 수업을 받기 전, 나는 유리로 된 둥근 지붕으로 나가 가장 높은 곳에 올라간다. 거기서 가냘픈 나뭇가지를 움켜잡은 채 영하 5도의 날씨에 사각팬티만 입고 몇 분간 머무른다. 나무 꼭대기에 매달린 채 무적이라고 느낀다. 밤과 냉기가 숲을 파고든다. 별은 거의 빛나지 않는다. 밤의 스타인 달은 빛을 감추지만 나는 하늘의 서커스를 상상할 수 있을 정도로 상당히 많은 별자리를 구별해낸다. 내가 좋아하는 오리온자리는 항성의 전사로서 네 개의 별로 장식된 방패를 휘두른다. 그는 천체의 검으로 무엇을 공격하는 것일까? 황소자리가 그에게 돌격하는 것일까? 활로 큰곰자리나 위협적인 전갈자리를 적중시키려는 것일까? 처녀자리

의 총애를 얻기 위해 얼마나 많은 수훈을 세울 것인가! 황

도대黃道帶, zodiac, 태양이 지나가는 길. 편집자 12개 별자리 극장에서

나는 나무에게 존댓말을 한다. 달에게 말을 놓을 수도 있었

지만 결과를 기다리기엔 너무 추웠다. 천체의 시간에도 한

계가 있는 법이다.

　　파충류의 반사 행동 같은 분노의 외침. 밤이 오면 나

는 야생적인 어리석음을 풀어버린다. 달 아래 선 늑대처럼

자유롭지만 분노에 찬 채로 갑자기 이제 막 사춘기에 이른

어린 반항아처럼 세상 앞에서 분노를 외친다.

　　— 날 좀 내버려둬!

　　내 목소리가 수관에서 울린다. 숲의 메아리가 내 외침

을 가볍게 내보낸다. 이런 나를 나무들은 이해할까? 다행히

그들은 나를 판단하지 않는다.

　　흰 솜이불과 양가죽 속으로 들어간다. 숲의 행복이

나를 약간 사로잡는다. 별을 멍하니 바라본다. 참나무의 몸

통 전체가 흔들린다. 언젠가 나무가 나를 흔들어 재워줄 거

라고 생각이나 했을까? 나는 한바탕 외친 후 진정된 채 태

아처럼 몸을 동그랗게 말았다. 참나무에 올라왔으니 나 자

신에게 내려갈 힘을 찾아야 한다.

겁먹은 올빼미가 우는 소리가 북쪽 계곡에서 들려오지만 두렵지 않다. 나무 두 그루가 서로 나뭇가지를 문지르고 삐걱거리는 소리를 내며 얽힌다. 나는 이 바스락거리는 소리에 익숙하다. 밤의 이 함성을 좋아한다. 텐트에서 야영을 할 때는 위험을 경계하면서 소스라치게 놀라기도 하지만 나무에서 잘 때는 전적인 안정감을 얻는다.

지난해 양떼를 몰고 숲을 가로질러 가다가 암컷 멧돼지를 방해했을 때 더 자연적인 반사 반응을 취하지 않았던가? 새끼 멧돼지들을 보호하기 위해 멧돼지가 내게 돌격해왔다. 나는 깜짝 놀라서 참나무를 붙잡았고 어떻게 했는지도 모르게 나무 위에 올라가 있었다. 작은 위험만 있어도 나무로!

나뭇가지에 의탁하기. 중세시대에 구원에 대한 반사 반응은 "탑으로!"라는 외침으로 변했다. 나무 위의 내 오두막은 이런 보호 본능에 속한 것 같다. 나무로!

인간은 원숭이가 아니라 나무의 후손이다. 나무로 올라가는 것은 기원으로 돌아가는 것이다. 나무껍질로 싸여 있는 이 최초의 고치 안에서, 참나무의 품 안에서 나는 웅

크리고 있다. 나는 홀로 우주를, 하늘의 중심을 마주하고 있다. 세계의 축으로서 나무는 하늘과 대지의 가교가 된다. 나는 텅 빈 동시에 가득 차 있다. 모든 것이 그리스의 조화에서처럼 정연하다. 플레이아데스의 성단[19]이 회전한다. 부동의 신인 나무는 삶에 대한 열정을 터뜨릴 준비가 되어 있다. 내 영혼은 내적 질서에 대한 갈망을 드러내면서 이 외부의 시계에 도취되어 있다.

8

오두막에서 지낸 첫 며칠. 삶이 참 즐거워서 한 번도 나무 밑으로 내려가지 않았다. 나는 싹이 트기를 기다린다.

인근의 단풍나무는 마음껏 잎을 틔웠다. 나는 참나무도 곧 반격하리라고 믿었는데 아무 일도 없다. 각각의 종은 파벌과 진영에 따라 필사적으로 노력한다. 단풍나무 유격대는 첫 사격을 개시하고 늦된 너도밤나무는 대열의 맨 꽁무니에 선다. 내 참나무는 나에게 인내심을 요구한다.

하지만 2주일 동안 날씨가 아주 좋았다. 정오의 햇볕에서는 15도였다. 참나무는 무엇을 하고 있을까? 즉각성 같은 세속적인 감정은 쉽게 없어지지 않는다. 물과 음식은 충분히 있다. 완전히 건조된 도토리를 뒤집어놓는다. 이제 새순을 공략한다.

겨울에 숲은 투쟁한다. 봄에 숲은 생산한다. 빛이 도달하면 자연이 드러난다. 나는 깨어나서 눈을 뜨기도 전에

게임을 한다. 누가 이렇게 지저귀는 걸까? 박새, 동고비, 나무발바리, 울새? 아침의 첫 햇살이 비추기도 전에 새들의 지저귐이 계속된다. 여명이 나를 깨우기 위해 기상 음악을 준비한다. 새의 지저귐이 나를 부른다. 새벽이 나를 잠자리에서 일으킨다.

이 리토르넬로[20]는 나무들에게 봄의 도래를 알리는 신호 중 하나일 것이다. 식물계는 소리의 진동에 민감하다. 새들의 노래는 나무를 감동시킨다. 그것은 입맞춤 대신 잠자는 나무를 깨우기 위한 소리다. 참새들은 암컷을 매혹시켜 번식하기 위해 지저귄다. 그들은 흥분을 억제하지 못한 채 인간과 식물에게 매혹의 몫을 넘겨준다.

나무는 우리보다 더 많이 안다. 그들은 대지의 커다란 작용을 이해하게 해준다. 존재에 대해 파악하지 못한다면 우주에 대해 온갖 이해를 획득하는 게 무슨 소용이 있을까? 숲을 사랑할 때는 모든 걸 이해할 필요는 없다. 숲이 우리 안에서 작용하는 방식을 통해 우리는 이미 숲을 이해하고 있기 때문이다.

오두막에서 지낸 첫 며칠.

삶이 참 즐거워서 한 번도 나무 밑으로 내려가지 않았다.

나는 싹이 트기를 기다린다.

겨울에 숲은 투쟁한다.

봄에 숲은 생산한다.

빛이 도달하면 자연이 드러난다.

아침의 첫 햇살이 비추기도 전에 새들의 지저귐이 계속된다.

새의 지저귐이 나를 부른다.

새벽이 나를 잠자리에서 일으킨다.

오전 6시 30분

여명이 잠든 하늘 위로 길게 이어진다. 지붕 위의 발자국. 묵직한 깡충거림? 나는 둥근 지붕에 나 있는 유리창에 가까이 간다. 갈색과 파란색, 흰색으로 이루어진 어치참새목 까마귀과 어치속의 조류. 몸길이는 35센티미터 정도로 비둘기보다 작다. 편집자다. 이 프랑스 숲의 장난꾸러기는 맹금류와 연작류[21]에서 고양이의 울음소리까지 흉내 낸다.

　판자를 건너다니는 걸 보니 어치는 호기심을 채우려 거기 있는 듯하다. 보금자리를 짓는 시기에 어치의 자리를 차지한 걸까? 사나운 눈길이 나를 노려본다. '슈크레익, 슈크레익' 하며 탁한 소리로 크게 깍깍대면서 어설프게 날아오른다. 다시 지저귄다. 녀석은 숲의 보초 역할에 전념하고 있다.

　분명 그는 위험을 무릅쓰고 도토리 몇 개를 숨겨놓을 것이다. 어치는 숲의 다른 작은 은행업자들처럼 먹이를 모아둔다. 가을에는 도토리와 너도밤나무 열매를 많은 곳에 숨겨놓는다. 목에는 주머니가 있어 한 번에 서너 개의 도토리를 넣어둘 수 있다. 이 채집자는 훌륭한 취향을 갖고 있어 좋은 크기에, 기생충이나 애벌레가 없는 잘 익은 도토리

72

를 세심하게 고른다. 그리고 이 보물을 여러 곳에 은밀히 숨겨두고 완벽하게 기억한다. 엄지 동자처럼 어치는 식료품 저장 장소를 표시하기 위해 자갈을 올려놓기까지 한다.

먹이를 필요 이상으로 모은 어치는 숲을 심는다. 사실 나는 어치를 특별히 좋아하지는 않는다. 녀석은 너무 많이 지저귀고 멋없이 날며 자신보다 작은 새들의 알을 탈취한다. 하지만 숲을 만드는 일에는 빈둥거리지 않는다. 프랑스 숲을 조성하는 데는 선수로서 1년에 4천 개가 넘는 도토리를 땅에 묻는다.

이제 어치의 경고 소리가 다르게 들린다. 그는 자신이 심은 나무들의 책임자로서 숲을 보호한다. 어치는 집과 거처에 맞서 재생을 방어한다. 나무와 새의 동맹 관계는 그들의 자손에게 뿌리와 날개를 준 것을 과시할 수 있게 한다.

나의 참나무는 잊히고 숨겨진 장소에서 싹튼 것일까? 고령의 나이가 된 이 나무는 많은 위험을 모면했다. 도토리는 멧돼지, 다람쥐나 들쥐에게 삼켜지지 않았다. 사슴류도 도토리 끝부분을 자르거나 껍질에 뿔을 비벼대지 않았다. 어떤 버섯류나 유충도 그것을 뜯어먹지 않았다. 어떤 인간도 그것에 부딪히지 않았다.

어느 날, 루아르 강가에서 양떼가 도망쳤다. 보더콜리의 힘과 능숙함도 그들을 제지하지 못했다. 400마리의 경솔한 양들은 지방도로를 향해 달려갔다. 다져진 고기와 불타고 있는 쇠붙이라는 끝이 보였다. 무엇이 그들을 미치게 만들었을까? 그들은 초원의 커다란 참나무 아래에서 멈추었다. 도토리가 떨어지고 있었고 양들은 그 사실을 알고 있었다. 나는 15분간 이 부인네들이 빽빽하게 무리지어 열매를 전부 약탈해가는 것을 기다려야 했다. 재생의 기회는 전혀 남기지 않았다. 어쩌면 양떼를 팔아버린 게 좋은 일이었을까?

견고한 고령의 참나무는 시련에서 살아남은 존재다. 그는 움직이지 않은 채 한마디 말도 없이 공격을 감내한다. 그는 저항하거나 죽는다. 그것은 새싹이었을 때부터 나약한 힘이었다.

나는 탯줄을 목에 감은 채 태어나 숨이 막힐 것 같은 불안과 함께 태어났다. 나에게 영양을 공급해주던 줄은 내 목도 졸랐다. 어머니는 되뇌곤 했다. "네가 얼마나 위험했는지 아

니?" 태어날 때부터 세상을 살아가는 게 얼마나 어려운가를 체득한 셈이다. 이 망령은 평생에 걸쳐 나를 은밀하게 따라다녔다. 나는 존재 속에서 숨 쉴 수 있는 여지를 얻는 데 실패했다.

한동안 잊고 지냈던 이 오랜 친구는 나의 일과 가족에게 시련이라는 이름으로 불쑥 나타났다. 더 이상 줄을 생각하지 않기. 매일 아침, 숲에서 나는 액운을 쫓아낸다.

어치가 날아가자마자 나는 침대에서 뛰어내린다. 아침의 도약에 참나무가 흔들린다. 솜이불과 양모 이불을 정리한다. 침대를 정리하는 것은 세상과 나 자신의 무질서에 대한 첫 번째 일상적인 저항 행동이다. 나는 테라스를 열어 말썽꾸러기가 내 수집품에서 훔쳐간 게 없는지 확인한다. 어치용 새 피리를 들어 손을 지붕 모양으로 만든 다음 강하고 날카로운 어치 소리를 세 번 냈다. 어치가 내게 답한다. 직선 거리로 30미터에 있다. 대답으로 나는 머리를 끄덕인다.

9

내 리듬은 태양의 춤을, 내 기분은 길어지는 햇볕을 따른다. 삶을 재조정해야 할 때는 시간을 멈춤으로써 시작한다. 나는 빛이 동쪽에서 서쪽까지 큰 나무 밑의 작은 초목을 휩쓸고 지나가는 과정을 보면서 하루를 흘려보낸다. 봄빛은 우울증을 불태운다. 나는 봄빛이 우울을 태워버리도록 내버려둔다.

시계가 없는 생활에는 시간 낭비라는 감정이 조금도 없다. 나는 몇 달간 먹고살 것이 충분히 있으면서도 살아갈 시간이 없다는 현대 인간의 딜레마를 해결했다. 내게는 시간이 주어졌다. 자유 시간은 내게 존재를 부여한다.

이곳에는 책이 몇 권 있다. 대부분 숲, 동물지, 식물군에 관한 안내서다. 그중 두 권이 눈에 띈다. 스토아학파 철학자들과 더불어 내 고통을 끌어올리기 위한 마르쿠스 아우렐리

우스 황제의 『명상록Pensées pour moi-même』과 혼돈 속에서 명료함을 찾기 위한 단테의 『신곡La Divine Comédie』이다.

음악을 가져올 수도 있었다. 하지만 베토벤의 〈전원 교향곡〉보다 훨씬 뛰어난 교향곡을 연주하는 새, 나뭇가지, 바람이 여기 있다. 나뭇잎들 사이에서 보고 듣고 읽는 것을 배워야 한다.

나는 책과 음ᠮ의 위로를 기꺼이 포기했다. 나무는 나에게 새로운 삶vita nuova을 가르쳐야 할 임무가 있다. 단테는 천국을 지나기 위해 제자들에게 헌신한 클레르보의 성 베르나르[22]를 안내자로 선택했다.

— 그대는 책보다 숲에서 더 많은 것을 발견할
  것입니다. 나무와 돌은 어떤 스승이 그대에게
  말하는 것보다 더 많은 가르침을 줄 것입니다.

숲에서 나는 만물의 도서관을 이용할 수 있다. 거대한 초록색 책에서 나는 최선을 다해 읽는다. 숲의 음색을 듣는다.

일상의 일정은 단순하다. 은둔 생활은 비관적인 생각을 질타한다. 숲에서 사는 것은 나무가 우리에게 빛의 길을 안내하는 질서 속으로 들어가는 일이다. 그것은 신체의 요구와 정신의 요구라는 두 가지 주요한 요구로 이루어진다.

아침: 새벽 기상, 운동, 명상, 세수, 식사, 글쓰기, 읽기.
오후: 관찰, 육체노동, 운동.
저녁: 식사, 하모니카 불기, 읽기, 해가 지면 잠자리에 들기.

이 리듬은 서두르지 않으면서 나태함에 굴하지도 않은 채 주위를 관찰할 수 있게 해준다. 모든 것은 갑자기 중단될 수 있다. 나는 예기치 못한 일이 일어나기를 기다리고 있다.

내 리듬은 태양의 춤을, 내 기분은 길어지는 햇볕을 따른다.

삶을 재조정해야 할 때는 시간을 멈춤으로써 시작한다.

나는 빛이 동쪽에서 서쪽까지 큰 나무 밑의 작은 초목을

휩쓸고 지나가는 과정을 보면서 하루를 흘려보낸다.

봄빛은 우울증을 불태운다.

시계가 없는 생활에는 시간 낭비라는 감정이 조금도 없다.

나는 몇 달간 먹고 살 것이 충분히 있으면서도

살아갈 시간이 없다는 현대 인간의 딜레마를 해결했다.

내게는 시간이 주어졌다.

자유 시간은 내게 존재를 부여한다.

예기치 못한 일이 여기 있다. 나는 침대 난간에서 턱걸이를
하다 멈추었다. 가볍지만 평상시와는 다른 산수유나무 가
지의 움직임이 기척을 드러낸다. 금욕적인 나무에서 일어
나는 모든 움직임이 내 주의를 일깨운다. 나는 눈으로 주위
를 훑어보다가 조용히 자리 잡은 동물의 회색 털에 시선을
고정한다. 수컷 성체 노루다. 적어도 네 살이나 다섯 살 정
도 되었다.

　한 살 된 수컷 노루의 발은 머리 위에 돋아 있는 뿔만
큼이나 부드러운 숲 바닥을 미끄러지듯 움직인다. 그는 무
용수가 경쾌하게 움직이듯 발을 들어올린다. 그 섬세함은
모든 장애물을 피한다. 섭금류[23]의 우아함, 고양이의 유연
함으로. 발굽은 정확한 소리를 내고 발은 부정음 없이 조용
한 미뉴에트 네 악장을 연주한다.

　노루를 뒤쫓기 위해서는 나도 인디언처럼 맨발로 마
룻바닥에서 미끄러지듯 움직여야 한다. 노루는 새싹과 나
뭇가지를 아주 좋아한다. 전채 요리로는 산수유나무를 조
금 맛보고 주요리로 너도밤나무를 먹는다. 산사나무는 디
저트다. 산사나무는 가시로 잘 보호되어 있는데 노루는 어

떻게 찔리지 않는 걸까? 나는 쌍안경을 꺼내든다. 이상적인 매복 상황이다. 동물들은 여간해서 고개를 들 생각을 하지 않기 때문이다. 그들에게 위협은 땅에서 오는 것이다. 옛날에는 늑대였다면 오늘날에는 인간이 위협이다.

노루가 입을 벌려 가시를 피해가며 싹을 하나씩 떼어 먹는다. 재빨리 소관목을 바꾸어가며 먹도록 신경 쓰면서 필요 없는 순은 잘라낸다. 아프리카 아카시아가 잎에서 독성이 나오게 해 영양羚羊으로부터 자신을 방어하듯이 유럽 숲의 나무들은 동물 이빨로부터 위협을 느낀다. 나무들은 먹히지 않기 위해 경보를 발한다. 양과 마찬가지로 노루도 그것을 알고 있다. 그들이 이동하면서 식물을 먹는 것은 생존 전략이다.

노루는 대대로 주위에 있는 나무껍질을 조각냈다. 호랑가시나무, 너도밤나무, 주목, 노간주나무에 노루가 만든 생채기가 생긴다. 나무줄기는 가지 뿔에 들이받혀 상흔이 생긴다. 이제 몇 주 지나 수노루의 뿔을 덮고 있던 부드러운 부분이 떨어지면 새순들을 짓누를 것이다. 수컷들은 수액과 냄새나는 수지를 좋아하는데 이 정유精油는 나무에 생긴 상처에 방향성 진통제로 사용된다. 나무들은 상처로 고통을 받거나 죽는다.

발정기에 수노루는 한층 더 격해진다. 싸움 연습을 하고 나무에 자신의 기운을 시험하면서 넘치는 에너지를 분출한다. 뿔을 나무에 더 깊숙이 비벼대고 뿔에 있는 분비샘이 나무에 냄새를 뿜어낸다. 무지한 사람이 나무껍질에 칼로 자신의 사랑을 표시하듯 수노루는 찌르기와 냄새로 자신의 영역을 표시한다.

나는 오두막에서만 볼 수 있는 영역을 규정하고 그것을 나의 왕국으로 삼았다. 중앙에 있는 나의 나무가 왕이고 그 둘레를 도는 것은 참나무의 신하이자 내 관찰 대상이다. 나는 왕국에서, 수관에서 살면서 나무에 충성을 바친다. 나무에 복종하고 자유를 얻는다. 로빈슨 크루소가 자신을 섬의 통치자로 선언했듯이 나는 상황에 열중해 왕국의 지형학자로 자칭한다.

상세한 지도를 만들어 거기에 남동쪽의 바위, 서 있지만 죽은 두 그루의 나무, 주목과 거송을 옮겨놓는다. 몇 달에 걸쳐 눈에 띄는 동물상과 식물군의 출현을 그려놓고 기록해둔다. 농부가 오솔길과 언덕에 이름 붙이듯이 장소를 명명한다. 바위나 사슴이 다니는 길에 이름을 붙이는 것은 그들과 함께 존재한다는 육체적 감각을 준다. 땅을 소유하는 게 아니라 거기에 존재하는 것이다. 나는 여기서 나 자신의 모습을 본다. 그토록 자주 도처에 있었던 내가 이제 숲속 어딘가에 있다고 느낀다.

언덕 꼭대기는 태양이 감아 안도록 평평한 지형을 이루고 있다. 산은 숲의 바다에 있는 부두처럼 돌출해 있어서 혀 모양의 좁은 땅으로 들어갈 수 있다. 언덕은 계곡으로 생긴 자연적인 도랑으로 보호되어 있다. 나는 숲의 섬에 살고 있다.

내 왕국과 왕이 과연 그렇게 상상적이기만 한 것일까? 그것은 당대의 리듬에서 벗어나기 위해 일시적인 나라를 그린다. 속도가 세계를 좁혔다. 시간적 여유를 얻으면서 우리는 시간을 잃어버렸다. 나는 시간을 조금 멈춰보려 한다.

숲은 비자를 요구하지 않는 나라다. 그 나라는 팔고자 하는 것이 없고 모든 것을 주고자 한다. 숲이 신호를 보내면 우리 내면의 심층에서 메아리가 답하려 한다. 숲은 우리 안의 가장 좋은 부분을 떨리게 만든다. 나는 숲에서 길을 잃는 게 두렵지 않다. 영혼에 봄을 불러오려 애쓰면서 오솔길에서 의심을 흩뿌린다.

나는 나무 일기에 기록한다.

— 내면에 이로운 곳을 찾았다. 때로는 침묵을 얻기
위해 멀리 걸어갔다. 침묵은 여기, 내 안에, 이 작은
숲에 있다.

글을 쓰며 나뭇가지에 등을 기댄다. 펜을 참나무의
활력에 담근다. 나는 나뭇잎 위에 쓴다. 나무의 속껍질^{liber}
이 내 살에 작용한다. 한 사람의 상처는 인생의 문장들이
나오는 잉크병이다. 때로는 주먹을 휘두르듯, 말이 피로, 그
리고 수액으로 터져 나온다.

―――

나는 내 실패에 책임이 있다고 느낀다. 나는 자유롭게 선택
할 수 있었으므로 위험을 무릅쓴 것을 받아들인다. 농장은
성공하기 직전에 있었다.

실패는 기회가 아니라 고통이다. 우리는 실패가 아니
라 실패가 가져오는 혼란에서 배운다. 시련은 미덕을 안에
지닌 채 가짜 희망이 아니라 진짜 절망을 강요한다. 몇 년
만에 받은 파괴적인 타격으로 나는 여행, 책, 우정, 사랑이
있는 삶을 살면서 얻은 자신감을 잃었다. 거기에 실패의 원

인 중 하나가 있다고 생각한다.

―✴―

이 숲은 유럽의 숲에서 가장 흔한 참나무-너도밤나무숲
이다. 참나무가 다수를 차지하고 있고 너도밤나무 몇 그루
가 있는데, 아마도 백 년 내에는 너도밤나무가 우세해질 것
이다. 내가 작성한 수종의 목록은 있을 법하지 않은 보리수
나무 두 그루, 어린 밤나무, 유럽마가목 몇 그루, 단풍나무,
야생 벚나무, 주목, 그리고 다수의 마가목으로 채워져 있다.
이 자연적인 숲은 분명 최근에 만들어졌지만 다양성이 확
연히 드러난다. 숲^{silva}의 시작, 야생의 시초. 아마도 천 년경,
성당의 시대에 이곳은 원시림이었을 것이다.

선구적인 초목인 관목들이 여전히 존재한다. 개암
나무, 호랑가시나무, 노간주나무, 야생 자두나무, 층층나
무⋯⋯ 일부는 수년 전 그 나무들의 든든한 가시 아래에서
참나무 새싹이 자라날 수 있게 해주었다.

땅에는 담쟁이덩굴, 십여 종의 김의털아재비[24]와 잔
디 같은 낮게 깔린 식물이 위엄 있게 군림하고 있다. 매일
새로운 종이 땅에서 나와 꽃이나 잎을 내민다. 오늘은 흰

85

별꽃에서 커다란 초록색 대가 나왔다. 어쨌든 나는 왕국의 이 새로운 탄생을 환영하기 위해 아래로 내려가야 할 것이다. 나비들이 나보다 먼저 도착해 있었다.

봄에 처음 나온 레몬색 나비 성충 한 마리가 내 팔 위에 앉는다. 나비의 센서가 내 위치를 탐지해냈다. 노란색 날개와 얇은 막을 접었다 펼쳤다. 날개를 펼치자 나폴레옹 시대의 지형학자들이 정확하게 표시한 듯한 갈색과 검정색의 작은 점이 언뜻 보인다.

이 레몬색 나비가 위협 없이 내게 덤벼들었다. 내게 더 자주 씻어야 한다고 말해주러 온 걸까? 나비의 정교한 흡관은 내 피부에서 땀을 들이마신다. 비축해둔 귀중한 소금은 그가 살아 있는 동안 도움이 될 것이다. 나는 움직이지 않은 채 오랫동안 나비가 소금을 맛보게 내버려둔다. 하루살이인 나비는 나의 존재로 자명한 사실이 된다. 순간이란 현재의 본능이라고 해야 할 것이다. 나는 나의 자리에 있다. 나는 숲에 둘러싸여 있다.

10

3월 26일, 오전 8시

빵가루와 숟가락에 담은 꿀이 얼핏 보기에 이 침략의 원인인 것 같다. 개미들이 아침식사 시간에 노크도 하지 않고 들어온다. 양철 주전자가 버너에서 휘파람 소리를 내고 수증기가 타일을 김으로 덮는다. 10분 만에 온도가 5도에서 20도까지 올라간다. 버너는 밤과 아침의 추위를 막기 위한 난로로 사용된다.

개미 무리가 정지하지 않고 내 은신처를 지나간다. 그들의 길은 나뭇가지를 따라서 이어져 그들은 마룻바닥, 침대에 이어 지붕을 지나 나무의 새순에 도달한다. 등반대가 나무 꼭대기를 향해 기어오른다. 그들의 방문에 나는 흥분한다. 하루에 예정된 일이 하나도 없을 때는 아무것도 아닌 것이 하루를 채워줄 수 있다. 나는 그들의 등반을 따라 정상으로 간다. 그들은 무엇을 하러 수관에 온 걸까?

나는 관찰한다. 이 몇 달간 있었던 일 중에 가장 강렬하고 기운 나는 활동이다. 나뭇가지에 다다랐을 때 나는 개미들의 수고를 이해했다. 그들은 돈독한 관계에 있는 이들을 방문하러 왔다. 진디가 나무의 가지와 새순을 빨고 있다. 참나무는 진디에게 수액을 먹인다.

개미들은 나무 아래에 살지만 진디가 15미터 높이에서 수액을 빨기 시작하는 것을 안다. 전리품일까? 개미들은 진디가 수액을 배불리 먹고 분비하는 진하고 부드러운 분비물을 만끽한다. 이 달콤한 신비의 양식을 가져가는 대신 그들은 진디를 무당벌레 같은 포식동물로부터 보호해준다. 분비물이 나오지 않으면 개미는 더듬이로 유순한 진디를 가볍게 두드려서 분비물을 짜낸다. 이제 그들은 고지에서 진디 떼를 키우는 사육자, 농부가 된다. 고지의 안내자로서 개미들은 새순에 수액이 있다는 점을 예리하게 인식하게 해준다.

그들이 수작 부리는 걸 관찰하느라 얼마나 머물러 있었을까? 분명 물과 숲의 거장인 라퐁텐Jean de La Fontaine, 17세기 프랑스의 시인, 우화 작가. 음악성이 풍부한 시구를 통해 동물을 의인화하여 인간 희극을 부각시켰다. 대표작은 『우화시집』. 편집자만큼은 아니었을 것이다. 어느 날 저녁 누군가 그에게 아침부터 시간을 허비했다고 질책했다. 그는 화를 내며 말했다.

> — 하지만 난 아무것도 안 한 게 아니에요. 몇 시간 동안 개미의 장례를 봤지요.

개미가 지닌 인내심과 재주가 있었다면 나도 진디의 분비액으로 차에 단맛을 냈을 것이다. 맛있는 음료가 될 것 같다. 하지만 진디를 돌보기에는 나는 이미 양을 키우느라 너무 고생했다. 새순을 즐기기 위해 다른 방법에 착수한다. 새순을 몇 개 따서 술과 꿀이 든 병에 3주간 담가 놓았다가 거른다. 이 독주는 과로에 효과적인 치료제라고 한다. 숲의 술이 내 고통을 치료해줄지는 모르겠지만 나무의 모든 생기가 새순에 농축되어 있다. 나는 매일 아침 참나무의 활력이 담긴 백미 몇 개를 내 사발에 넣는다.

열두 살에 나는 루르드의 기숙학교에 입학했다. 지금은 매우 우스꽝스러운 착상으로 보이는데, 열등생, 바보짓의 명수, 초보 칼잡이로 이루어진 의외의 집합이었다. 우리는 숙명적인 한계에 처해 있었다. "널 어떻게 하면 좋을까?"

나는 기숙사에서 처음으로 주먹다짐을 했다. 얻어맞았고 갚아주는 법을 배웠다. 나는 싸움을 좋아하지 않았다. 말썽histoire을 일으키는 걸 싫어했지만 역사Histoire는 좋아했다. 바야르[25]는 나의 위인 중 한 사람이었다. 그의 격언은 성인이 되어서야 알게 되었다. "그는 주기 위해 받는다.Accipit ut det" 이 말은 사랑에서처럼 전투에서도 쓰인다.

나는 한결같이 철자법에 무능했다. 자습감독관과 교사들은 한결같이 나를 때렸다. 따귀를 맞아도 내 불쌍한 머릿속에 프랑스어를 억지로 집어넣지는 못했다. 나는 일지를 쓰기 시작했다. 단어는 도피의 음이었다. 나는 음계를 숙달하지 못한 채 언어의 음악을 좋아했다. 열등생들은 때로는 철학자가 되지만 보통은 사제가 된다.

운동장의 철책은 피레네 산록지대를 면하고 있었고 자유의 창은 수요일의 급식시간과 휴식시간 사이에 열려 있었다. 나는 식당에서 맨 먼저 나갈 수 있도록 자리를 잡았다. 그리고 감독 교사들에게서 멀리 떨어져 오후를 보내기 위해 운동장 끝으로 달려가 철침으로 무장한 철책에 올라가서 뛰어내렸다. 나는 어떤 교사도 우리에게 가르칠 수 없는 것을 배우기 위해 학교의 빈틈을 이용했다. 샘물에서 송어 낚시를 하고 비둘기 사냥을 위한 은신처에 오르며 연기를 내지 않은 채 불을 피우고 뇌조를 잡기 위해 매복하는 것이다. 나는 프랑스어 일치법에 대해서는 아무것도 이해하지 못했지만 숲의 조화는 좋아하게 되었다.

───※───

수납상자 위에 다시 앉는다. 차를 다시 마시고 빵조각을 베어 문다. 개미들의 탈주가 이어진다. 일부는 이미 땅으로 내려가서 수확물을 뿌리 사이에 있는 구멍으로 나른다. 개미집 입구에는 보초가 밤낮으로 지키고 있다. 암호를 대면 요새에 들어갈 수 있는데 암호는 화학물질로 입맞춤하면서 교환된다. 입맞춤이 맞지 않으면 왕궁을 약탈하러 온 다른 개미들의 침입을 막기 위해 병사들이 다수 출동한다.

어치나 푸른박새[26] 커플은 그것을 교묘하게 이용할 줄 안다. 그들은 개미목욕formicage(철자에 유의하라. 화간 fornicage이 아니다.)의 애호가다. 기생충 때문에 몸이 가려워지면 그들은 개미집 위에 앉아 몸통을 앞으로 하고 날개를 벌린 채 공격하는 척한다. 위험에 처한 개미들은 떼를 지어 포름산을 분출한다. 개미목욕은 삼림욕만큼이나 활력을 되찾게 해준다.

어치는 참나무를 기르고 개미는 진디를 키우고 진디는 수액을 마시며 새들은 도토리, 진디, 개미를 먹는다. 모두 서로 돕고 서로 먹는다. 모두 삶과 죽음이 하나인 복잡하고 조화로운 매듭으로 연결되어 있다. 생명체의 미세한 공생관계에서는 모든 것이 비극적이고 장엄하다. 숲은 즐거운 짜릿함을 준다. 모두 이해하지는 못한 채 작은 일들을 관찰하면서 나는 거대한 것들 가운데 아주 작은 것이 된 듯한 느낌이 든다.

11

그들은 나무를 공중 곡예장으로 삼는다. 동고비 두 마리가 전투비행 중대처럼 창유리에 바싹 붙어 지나간다. 수컷은 인사에 공중의 노래까지 더한다. 봄의 사랑은 전속력으로 난다. 참새들은 공중에서 교미를 한다. 나는 관제탑에서 가벼운 연애를 구경하기 가장 좋은 곳에 자리 잡고 있다.

푸른박새는 아주 귀여운데 어떻게 그것과 동류인 박새는 이따금 푸른박새의 머리를 작살내 골을 즐겨먹는 걸까?

푸른박새들은 아주 빠르다. 알 품기를 두 번 할 시간이 있을까? 둘 중 한 마리가 참나무 나뭇가지 위에 있는 이끼를 잡아당긴다. 나는 북쪽에 쌍안경을 두고 왔다 갔다 한다. 15미터 거리에 서 있는 오래된 죽은 나무 안에 푸른박새가 둥지를 지었다. 그는 내 참나무에서 다른 것보다 더 촘촘하고 푸른, 독특한 이끼류를 선택했다.

박새가 미래의 요람에 아카시아 나무껍질 섬유를 조금 두는 게 좋겠다고 판단한다. 내 오두막은 그에게 유용하다. 이전에 양떼 목장에서 사용한 말뚝은 내 지붕과 침대, 그리고 이제 새둥지의 지지물로 사용되고 있다. 녀석은 멋을 부리며 잠자리를 장식하기 위해 말뚝에서 커다란 나무 띠를 잡아당긴다. 박새는 냄새 때문에 아카시아의 살균성과 항균성에 이끌린 것일까? 그들은 후각이 좋다. 새끼들에게서 기생충을 쫓아내기 위해 방향성 식물을 둥지에 뒤덮어 냄새를 풍기게 한다.

살충제를 사용하지 않기 위해 우리는 푸른박새를 흉내내 텃밭에 향이 나는 식물을 재배한다. 얼마나 많은 새들이 농화학과 도시화로 끔찍해진 들판에 쓰러졌던가? 내 오두막 근처에 둥지를 튼 박새 부부는 새끼를 먹이기 위해 하루에 벌레를 5백 마리까지도 잡는다. 유럽에서는 나비, 무당벌레, 개미…… 벌레의 80퍼센트가 30년 사이에 절멸했고 프랑스에서는 조류 중 3분의 1이 15년 사이에 절멸했다. 농부와 새의 소멸은 생명의 큰 이상異狀에 대한 위험 신호다. 우리는 침묵하는 봄을 어떻게 감당할 것인가?

햇빛 싸움에서 살아남기 위해 참나무는 낮은 가지를 희생한다. 십여 개의 꽤 굵은 가지가 죽었다. 참나무는 더 좋은 자리에 있는 다른 가지를 위해 수액을 차단하면서 그 가지들을 포기했다. 나무는 쓸데없는 가지를 스스로 제거해 힘을 모은다.

가지 세 개는 이미 땅에 떨어졌고 잘린 절단면의 표면은 스스로 아물도록 내버려둔다. 이 둥근 상처자리는 딱따구리가 부리로 쪼아대는 유충들이 매우 좋아한다. 망치질하는 딱따구리 일꾼들이 파놓은 구멍은 박새, 다람쥐, 들쥐에게 도움이 된다. 목질을 볼 줄 아는 이들에게는, 죽은 나뭇가지에서 생명이 날아오르는 둥지까지 숲에 존재하는 모든 것이 연결되어 있다.

다른 죽은 가지들은 여전히 나무줄기에 단단히 붙은 채 굶주린 주변 생물들에 의해 분해되는 것을 받아들인다. 버섯, 이끼, 지렁이의 보이지 않는 턱이 버드나무를 파고든다. 연약한 나무는 시간과 바람, 이빨에 해체되고 금이 간 채로 조밀하고 단단한 나무줄기의 중심부, 심재心材[27]만이 남을 뿐이다. 커다랗게 튀어나온 부분은 생기 없이 피골이

상접한 채 나무발바리에게 앉을 자리를 내주며 공중으로 솟아 있다.

나는 내가 이 나뭇가지 중 하나와 같다는 것을 알고 있다. 울고 싶을 때는 마음이 메말라 있었다. 참나무는 내게 다른 길을 가르쳐준다. 빛에 도달하는 것은 희생으로 이루어진다. 자신을 조금 포기하는 것, 나아가기 위해서 가지 일부는 죽게 내버려두는 것이다.

농부와 새의 소멸은 생명의 큰 이상異狀에 대한 위험 신호다.

우리는 침묵하는 봄을 어떻게 감당할 것인가?

나는 내가 이 나뭇가지 중 하나와 같다는 것을 알고 있다.

울고 싶을 때는 마음이 메말라 있었다.

참나무는 내게 다른 길을 가르쳐준다.

빛에 도달하는 것은 희생으로 이루어진다.

자신을 조금 포기하는 것,

나아가기 위해서 가지 일부는 죽게 내버려두는 것이다.

6미터에서 9미터 높이에 있는 내 오두막은 숲에서 명확한 생태적 지위를 차지하고 있다. 숲 속의 생명체는 저마다 자신의 층위屬가 있다. 나는 동고비, 들쥐, 박쥐의 층위에 있다. 숲에 정착한 지 며칠이 되지 않아 그들이 나를 관찰하고 있다는 기묘한 느낌을 받았다. 다행히 내 움직임이 계절의 소동을 방해하는 것 같지는 않다. 나는 숲과 오두막을 '방주'라고 믿는다. 그들은 새장 속 앵무새나 동물원의 명주원숭이를 보듯이 나를 바라본다. (나무에 둥지를 튼) 나는 그들에게 이상한 새다.

어느 날 아침, 박새 암컷이 부리에 의외의 것을 물고 돌아왔다. 나무 표면, 아니면 나무딸기의 갈퀴 같은 가시에서 찾은 걸까? 나는 깜짝 놀라 그것을 뚫어지게 바라본다. 노아 못지않게 금지된 것이다. 전령으로서 박새가 긴 양털 조각을 물고 있다. 내 양들이 생각난다. 암양들은 어떻게 되었을까? 보살핌을 잘 받고 있을까? 내가 젖병으로 먹여 키운 어린 암양들은? 이제 어미가 되었을까?

내가 아직 울 수 있었다면 이 박새 덕분에 울었을 것이다. 우선은 슬픔으로, 그러고는 내 양들의 양털 한 가닥이 새들에게 도움이 될 수 있을 거라는 생각에서 기쁨으로. 숲은 나에게 무엇을 의미할까? 슬픔이 제거된 장소에는 항상 빈터가 있다. 불행이 큰일에서 올 때 작은 일에서 행복을 찾는 것. 슬픔이 닥쳐오면 내쫓아버리기 전에 참된 기쁨이 무엇인지 우리에게 가르쳐주도록 내버려두자.

수년간 나는 도보로 다니고, 당나귀나 자전거를 타고 자연을 횡단하면서 관찰한다고 생각했다. 숲속 여행자는 작은 초목이 자라는 곳에 있는 동물들을 놀라게 한다. 한 시간만이라도 멈춰서면 놀라는 것은 그가 된다. 동물들과 나무들은 우리 안에 친구가 존재하는지 알기 위해 우리를 관찰한다. 그때 만남이 이루어질 수 있다.

루아르 강가에서, 나는 야생동물이 강과 함께 흘러가는 걸 바라보도록 자리 잡는 것이 강에 감탄하는 최선의 방법이라는 점을 배웠다. 나는 강의 범람을 제지하기 위해 세운 제방에서 양떼를 지켜보았다. 양들은 초원과 충적토 숲의 경사면에서 풀을 뜯어 먹었다. 가마우지는 루아르 강을 거슬러 올라갔고, 비버는 위험을 경고하기 위해 꼬리로 수면을 두들기면서 도피처로 돌아갔고, 물총새는 물속에 뛰어들었으며, 잠자리는 짝을 지었고, 암양은 우물거리며 풀을 씹었다. 내가 명령하자 개가 멀리 떨어져 있던 양들을 삽시간에 모았다. 천연 양모가 더 **빽빽**해졌다. 삶은 흘러갔다.

내 오두막은 세상의 아름다움을 향한 전초다. 나는 호기심으로 길에 뛰어들었지만 움직이지 않으면서 삶에 대한 탐욕을 더 잘 만족시킬 수 있음을 여기서 배운다. 야생의 숲을 건너기 위해서는 걸어가야 한다. 야생이 스며들게 하려면 동고비처럼 둥지를 틀고 산토끼처럼 머무르며 새끼 사슴처럼 쉬어야 한다. 삶의 수액이 우리에게 스며들기 위해서는 나무처럼 머물러 있는 법을 배워야 한다.

12

무엇을 하는 걸까? 박새 두 마리가 새순에 덤벼든다. 발은 가지를 움켜잡은 채 노란색과 파란색의 깃털이 풍향계처럼 돈다. 개미가 키우는 진디를 맛보는 것 같다. 그들은 새순에서 진디를 잡자마자 다른 순으로 날아간다. 잎이 새로 돋아나는 나무들의 단장을 담당하는 그리스의 봄의 요정일까? 참나무에서 새순이 돋아난다. 박새는 세심하게 참나무 초록 외투의 단추를 푼다. 참나무는 겨울의 마지막 다발을 끌어낸다. 새순이 터진다.

　나는 흥분해서 높은 가지로 올라간다. 지붕 위에 앉아 비단 같은 잎눈 하나를 들여다본다. 유심히 살펴본다. 밀랍색의 얇은 조각이 벌어진다. 희고 부드러운 털, 솜털이 나타난다. 이 솜털은 심한 냉해를 막도록 잎의 씨눈에 덮개로 쓰인다. 잎이 깨어난다. 나무 한 그루가 잎이 달린 단 하나의 눈에서 나온다. 시작은 깨물어 먹고 싶을 정도로 아주 부드러운 초록 잎이다. 참나무는 벨벳 옷을 입는다. 그것은 완전히 퇴색해버린 밤에서 나오고, 이 미세한 에너지는 봄마다 돌아온다. 두 개의 얇은 갈색 조각에서 나오는 연약한 부활.

9미터 높이에 있는 눈에서, 나는 변혁이 일어나고 있는 하나의 생명을 쥐고 있다. 나는 놀라움에 빠져버린 채 희랍어에서 말하듯 '경탄하게' 되었다. 그것은 너무 작아서 볼품없어 보인다. 새순은 참나무와 가지에서 나온 것처럼 보인다. 하지만 이 참나무도 어느 날 새순 덕택에 나왔다는 사실을 안다. 먼 봄날 태어난 새순이 없었다면 이 나무는 존재하지 않았으리라.

나는 참나무 위에 초록색 송이가 천천히 내려오는 듯한 탄생을 바라본다. 그 광경이 눈에 가득 차면 영혼이 차오른다. 하나의 새순으로 나는 온 자연에 고무된 듯 느낀다. 이 잎의 탄생에서 생명이 존재한 이래 결코 지지 않을 전쟁을 치르고 있음을 깨닫는다.

창문을 닦기로 한다. 창문 네 개를 닦는 데 한 시간이 걸린다. 약간의 집안일은 여러 생각을 가라앉히기에 충분하다. 나는 큰 집을 떠나와 오래된 성에 있는 듯하다. 마루판은 삐거덕거리고 외풍과 거미가 있고 광을 내야 할 수백 개의 타일이 있다. 유리로 된 은신처는 내 내면의 삶과 닮아 있다. 천국과 역설이 있는 작은 자리.

깨끗해진 창문으로 새순의 개화를 더 많이 본다. 나는 새순이 생기는 걸 일종의 현현으로 여긴다.

스스로에 대해 절망해본 적이 없으면서 경탄한다고 생각하는 사람은 아직 멀었다. 경탄은 순진함에서 나오지 않는다. 통찰력 있는 편협함에서 불쑥 나타난다. 세계, 인간, 그리고 나 자신에 대한 우리의 쓰라린 인식에서 나타난다. 이 환멸에서 오늘 아침 진정한 경탄이 나타났다. 나는 어린 시절 지녔던 환상과 어른이 되어 가진 환멸을 뛰어넘으면서 경탄에 이르렀다고 생각한다. 봄에 나뭇잎의 주름을 볼 줄 아는 사람은 희망이 무엇인지 조금 깨칠 것이다.

테라스에서 샤워를 한다. 나뭇가지 중앙에 위치한, 샤워 커튼도 없는 욕실이다. 나는 몸을 씻기 위해 비누를 내려놓는다. 장난삼아 말한다. "공중을 향한 채 절대 비누를 밟고 미끄러지지 말 것."

　　테라스가 있는 이 가지에서 떨어질까 봐 두려워하는 일은 어리석다. 몇 달 전에 나는 목숨을 끊기 위해 밧줄을 매달려고 했다. 바로 이곳에서 나는 죽음을 정면으로 바라보았다. 그날은 두렵지 않았다. 사라진다는 생각은 잘못 산다는 생각보다 달콤하게 여겨졌다. 이때 운명은 몇 초간 위태롭다. 이 순간에는 삶을 버리는 게 아니라 삶을 유지하기 위해 힘을 끌어내는 용기가 필요하다.

　　자신이 너무 불행한데 자신에 대한 연민이 너무 부족할 때, 사람은 밧줄을 매달 생각을 한다. 그것은 삶을 대하는 행동으로서 존경할 만한 방식은 아니다. 우리는 사실 삶이 주어졌던 것과 같이 예고 없이 떠나기를 바란다. 우리가 지니고 있는 폭력은 우리가 그것을 죽이든지 혹은 그것이 우리를 죽인다.

　　맑은 물로 샤워하면서 나는 마음을 다잡는다. '나는

무너졌지만 나 자신이 아니라 삶에 무너졌다. 그러니 결국 더 나은 게 아닌가.' 이것은 좋은 징조다. 죽음에 대한 두려움이 다시 나타나면 존재에 대한 욕구도 함께 온다. 때때로 나는 죽는 게 두렵지만 여전히 살아가는 게 훨씬 더 두렵다. 살아가는 법을 알지 못하는 위험은 죽음보다 훨씬 위험하다.

압력 탱크의 물을 흘려보낸다. 물이 활력을 주며 나를 사로잡는다. 오후의 햇볕이 몸을 말려주고 나는 이 어루만짐 아래서 몸을 부르르 떤다. 활엽낙엽수가 내 탄소를 들이쉰다. 나는 숨을 쉰다. 서로 숨을 교환하자고 말할 줄도 모른 채. 나는 그의 산소를 들이쉰다. 그의 향기도 맡는다. 피톤치드 같은 휘발성 성분이 내게 작용한다. 작은 초목에서 엽록소가 흐르며 씻어낸다. 모든 것이 초록빛을 띤다. 빛이 닿으면서 색견본이 다양하게 변하며 나를 안심시켜준다. 수액이 삶을 지속해나가는 두려움을 씻어준다. 두려움의 때가 내 어깨에서 조금 미끄러져 떨어진다. "너 자신이 되기 위해서는 너를 버려"라고 되새긴다.

물통이 거의 비었다. 땅에 발을 딛지 않은 지 7일이 되었다. 내일은 샘에 갈 것이다.

나는 목숨을 끊기 위해 밧줄을 매달려고 했다.

그날은 두렵지 않았다.

사라진다는 생각은 잘못 산다는 생각보다 달콤하게 여겨졌다.

자신이 너무 불행한데 자신에 대한 연민이 너무 부족할 때,

사람은 밧줄을 매달 생각을 한다.

그것은 삶을 대하는 행동으로서 존경할 만한 방식은 아니다.

우리가 지니고 있는 폭력은,

우리가 그것을 죽이든지 그것이 우리를 죽인다.

때때로 나는 죽는 게 두렵지만

여전히 살아가는 게 훨씬 더 두렵다.

13

새벽 두 시. 차가운 물이 얼굴에 떨어져 퍼뜩 잠이 깼다. 지붕 판자 사이의 틈이 벌어졌다. 내 뗏목이 폭풍우를 만났다. 나는 숲의 거친 물결 가운데에서 항해하며 흔들린다. 아무리 나뭇가지에 매달려도 나무가 침몰하면 한밤중에 번쩍이는 유리와 나무에 불과할 것이다.

사나운 날씨였다. 거센 폭풍우와 천둥소리가 부품들 사이에 싸움을 부추겼다. 번개가 떨어지면서 한 시간 전부터 임관林冠[28]을 가득 채운 바람과 물의 군대의 접전을 비추었다. 어떤 나무가 피뢰침이 되었을까?

나의 나무는 버티고 있다. 필요하다면 그는 나뭇가지 몇 개는 포기할 것이다. 자라나면서 그것을 위해 특별히 틈이 만들어졌다. 태풍이나 강풍 속에서 나무는 초록색 잔가지들과 헤어진다. 그들은 조금 물러선다. 갈대처럼 휘어지지 못하는 참나무는 적군 무역풍이 자신을 넘어뜨리지 못하게 수백 개의 작은 다리를 폭파시킨다.

어쨌든 오늘 밤은 우화에 나오는 것보다 더 가벼운 추락이 되기를 라퐁텐에게 기도한다.

바람은 점점 더 거세졌다
머리는 하늘에 인접하고
발은 죽음의 왕국까지 닿아 있던
나무의 뿌리가 뽑혀버렸다

나는 기울어진 지붕 밑 공간에 있던 틈을 최대한 메우려고 노력했다. 귀가 흠뻑 젖었다. 돌아서서 적어도 한쪽 눈이라도 감아보려 했다. 참나무는 싸우고 있다. "잘 버텨"라고 외친 건 나무였을까, 나였을까?

오전 6시

단 하루의 밤이 한 달 동안 이어졌던 화창한 날씨를 내쫓아버렸다. 태양은 무수한 나뭇잎이 달린 나무에 훈장을 수여했다. 비를 맞은 잎은 광택이 났다. 야생벚나무는 꽃을 피웠다. 폭풍우는 주기적으로 내리는 비를 남기고 달아났다. 나뭇가지가 가로질러 어쩔 수 없이 결함이 생긴 지붕 사이로 비가 파고들었다. 오두막에 물이 샌다는 얘기다. 옷과 수첩이 젖었다.

'고작 물일 뿐이야'라고 생각했지만, 스펀지 매트리스에서 하룻밤을 보내고 나니 온몸이 흠뻑 젖었다. 나는 다시 잠을 청한다.

밤의 추위가 약해지고 햇볕이 들어 따뜻했던 3주가 지나고 서풍이 밀려왔다. 습기와 추위가 기세를 부리며 나의 '실바리움sylvarium'을 엉망진창으로 만들었다. 하늘은 조금이라도 아량을 베풀 순 없는 걸까?

참나무 껍질에 물든 거무스름한 물이 버너에 가득 차 있다. 불을 켜기 전에 버너를 말리고 서둘러 몸을 덥힐 차를 준비한다. 추위에 지친 나를 위무하기 위해 몇 개의 도토리를 추려 커피를 실험한다. 햇빛이 1차로 건조해준 도토리를 프라이팬에서 노르스름하게 익히고 빻는다. 여러 세대에 걸쳐 기근 시기에는 도토리 가루를 먹었다. 이제 작은 커피 분쇄기를 이용해 도토리를 가루로 만들어야 한다. 가

늘게 빻은 가루로 도토리 커피를 준비한다. 찻잔을 입에 댄다. 약간 아릿하다. 설탕을 넣는다. 좀 낫다. 강하다. 밤과 부식토 맛이 약하게 난다. 카페인이 쓰이기 전에 활용되었던 이 숲의 커피는 마실 만하다.

여우 한 마리가 예고 없이 서쪽의 황량한 오솔길에 왔을 때 나는 차를 홀짝홀짝 마시며 손을 녹이고 있었다. 그는 이런 고약한 날씨에 밖에서 뭘 하는 걸까? 나는 쌍안경을 집으려고 일어나다가 의자를 넘어뜨렸다. 여우는 소리를 듣고 달아났다. 겁쟁이 녀석.

코스의 양이 처음으로 출산했을 때 나는 바보처럼 여우에게 완전히 속고 말았다. 언덕에서 파손된 건물을 다시 짓기 시작한 3월에 양들의 출산이 시작되었다. 여러 마리의 암양이 쌍둥이를 낳았다. 일단 첫째가 나오면 어미는 둘째를 출산하려 애쓴다. 그러나 출산의 고통이 너무 심해서 첫째를 지킬 수 없는 상황이 발생하고 말았다. 그 순간, 여우는 새끼 양을 간단히 물어갔다. 남은 찌꺼기를 먹기 위해 오소리가 공범자를 따라갔다. 나는 야생 물새와 씨름하고 있었다.

3일 동안 새끼 양 일곱 마리가 여우에게 먹히고 나는 적극적으로 양떼를 보호하겠다고 결심했다. 나에게 늘 환대를 베풀어주던 오세티야[29]와 쿠르디스탄[30] 국경의 양치기 고참을 따라했다. 그들은 양털로 잠자리를 만들었다. 나는 개와 총, 물을 가져갔다. 양떼 한가운데 텐트를 설치하고 나무와 양털 사이에서 한 달 동안 야영을 이어갔다. 새벽에도 감시를 늦추지 않기 위해 불에 올려놓은 빵을 보며 언덕을 지켰다. 숯을 지피자 추위 속에서 불꽃이 퍼져나갔다.

어느 밤이었다. 새벽 두 시쯤 되었을까. 여우 한 마리가 텐트에서 10미터 거리를 지나갔다. 나는 경계를 게을리 하지 않았지만 조준을 잘못하는 바람에 그만 놓치고 말았다. 다음 방안을 준비해야 했다. 나는 근처에 있던 사냥꾼들에게 양떼를 보호하게 도와달라고 부탁했다. 나의 로빈 후드 친구 조엘이 기꺼이 찾아왔다. 우리는 많은 양을 구했다.

판자 사이에 새로운 빗물받이가 열려 머리 위에 물이 쏟아졌다. 절망이다! 나는 머리를 쥐어짠다. "인간보다는 나무가 낫다"고 베토벤은 말했다. 그는 나무가 주는 화음의 깊이를

통해 인간이라는 같은 부류가 안겨준 부조화를 견뎌냈다.

샘에 물을 구하러 가면서 나는 산토끼 한 마리를 유인해 잡았다. 여우가 사냥한 게 이 토끼였을까? 토끼가 적어도 한 마리 이상 있었고 겨울이라 털은 빠진 상태였다. 이틀에 한 번씩 발견한 노루도 회색에서 적갈색으로 변했다. 돌아와서 나는 뜨거운 참나무 커피 한 잔을 또 마셨다. 이 차를 좋아하게 됐다. 나는 바보같이 되씹는다.

— 겨우 몇 명이 나를 실망시켰다고 사람을
  불신해서는 안 돼. 어쩌면 그들을 실망시킨 건
  나였을지도 몰라.

그런 의문은 신경을 곤두세우게 한다. 나는 참나무 커피를 비우면서 그 의문을 떨쳐버린다. 참나무 찌꺼기는 묽다.

슬픔에 빠지지 않기 위해 도토리를 간다. 긴장이 풀린다!

지난 크리스마스에 우리는 생트봄^{Sainte-Baume} 산악지대에 갔다. 마르세유 후배지의 바위투성이 산마루에는 절벽 중간에 독수리 둥지처럼 매달린 듯한 꽤 커다란 동굴이 숨겨져 있다. 전설에 따르면 막달라 마리아의 동굴 은거지였다고 한다. 이 대지^{臺地}에 위치한 동굴은 에덴동산이 아니라 아름답기로 소문난 프랑스 너도밤나무 숲을 향해 있다.

우리는 며칠 동안 도보로 그곳을 탐사해 나갔다. 지형적 특성으로나 프랑스 왕들이 이 성소에 부여한 애정으로나 '제왕적 숲'이라 불리기에 충분했다. 때마침 북동풍이 침울한 날씨를 쓸어갔다. 하늘, 바위, 나무로 이루어진 파란색, 흰색, 초록색의 삼색 국기가 환상적인 장소에 펄럭였다.

12월 24일 저녁에는 느린 횃불 행렬이 크리스마스 인형처럼 각양각색으로 치장한 멋진 신자들을 끌어 모았다. 우리는 무모하게도 바위 장벽 아래에서 고지까지 한 시간을 걸었다. 너도밤나무 숲을 가로지르고, 절벽을 오르고, 바위를 깎아 만든 계단을 따라가니 길이 나타났다. 동굴과 성탄 구유는 그만큼 공을 들일 가치가 충분했다.

어른들보다 앞서 도착한 아이들은 나무에서 꽃장식이 아닌 생명을 발견하고 놀라는 눈치였다. 희미한 횃불 아래에서 우리는 거대한 너도밤나무를 뚫어지게 쳐다보았다.

줄기마다 마디가 박혀 있는 나무가 눈인사를 했다. 구불구불한 두 팔을 벌린 일그러진 형체. 나무의 만백성들, 숲의 수호신, 요정, 동물상, 님프, 엔트[31]가 우리와 함께 크리스마스를 축복했다. 우리는 어둠 속에서 더듬거렸다. 때로는 나무 하단부나 뿌리에 채여 비틀거렸다. 이 특별한 밤에 나무는 아무런 의심을 갖지 않는 듯했다. 빛이 어둠 위에 내려앉았다. 어쩌면 나무들도 유럽의 숲을 위협하는 프로방스의 파괴적인 화재와 가뭄이 크리스마스 정전[32]보다 더 오래 중단되기를 바라는 건 아닐까?

심각한 위기가 이어지고 있다. 세계의 숲이 고통을 겪고 있다. 아마존, 캘리포니아, 오스트레일리아, 시베리아의 숲이 불타고 있다. 유럽은 탈산림화Deforestation, 산림 파괴. 토지를 개발하기 위해 숲을 제거하는 일. 편집자를 외국으로 이전했다. 불Pyr의 시대가 도래했다.

프랑스 숲처럼 다른 숲도 말라가고 있다. 나무는 갈증을 느낀다. 샹티이 숲에는 군데군데 폐허가 된 터가 세워지고 있다. 병이 들어 약해진 나무들은 공기색전증[33]으로 죽어간다. 치명적인 수분 부족에 도달한 참나무, 보리수나무, 자작나무도 같은 운명을 겪고 있다. 이러한 현상이 프랑스의 모든 숲을 위협하고 있다. 나무가 기후에 적응하기 위해서는 시간이 필요하다. 나무는 온난화를 늦추기 위해 할수 있는 모든 일을 하고 있다. 어쩌면 처음으로 나무에게 인간이 필요할지도 모른다.

아주 오래된 생트봄 너도밤나무 숲의 생기 속에서 희망이 태어난다. 이곳에서 나무들은 수세기에 걸쳐 남프랑스의 무더위를 견디는 법을 배웠다. 어지간한 충격은 쉽게 견뎌내는 너도밤나무 열매는 수확에 이르러 환경에 적응할 시간이 없었던 다른 숲의 녹화에 쓰인다. 생트봄의 너도밤나무, 다른 숲의 참나무는 프랑스 북부 지방에 자손을 퍼뜨린다.

　　프랑스의 숲은 더위와 세계적인 압력에 따른 침엽수 단일 경작, 그리고 목재 관련 산업으로 타격을 받으면서도 다양한 모습으로 버티며 성장하고 있다. 특별히 관리해야 하는 수종을 품은 136개 이상의 보호 숲, 공공 숲, 그리고 전체 숲의 75퍼센트를 차지하는 수백만 개의 (개인이 관리하는) 사유지 숲이 있다. 프랑스인은 갈리아족 Gauls, 철기시대와 로마시대에 서유럽과 동유럽에 살던 켈트인. 편집자 을 다시 임명하는 데 성공했다. 사람들이 농촌을 떠난 덕분이지만 나폴레옹 3세가 랑드, 솔로뉴, 그리고 산악지대에 조림 사업을 크게 벌인 덕분이다. 양치기들은 나무를 키우기 위해 양떼를 버렸다.

오래전 콜베르[34]는 예언했다. "나무가 없으면 프랑스는 멸망할 것이다." 200년 사이에 숲의 면적은 거의 두 배가 되었다. 대부분의 프랑스인은 숲에서 30분 거리에 살고 있다. 세계의 3분의 1이 숲에 속하듯이 프랑스의 3분의 1은 나무 그늘에 둘러싸여 있다. 북극권의 침엽수림, 열대우림, 아열대, 온화한 지역의 숲까지…… 초록색 보호막은 날씨를 조정하기 위해 하늘과 바다와 조화를 이룬다.

숲이 말라가고 있다.

나무들은 갈증을 느낀다.

약해진 나무들은 병이 들어 죽는다.

나무가 기후에 적응하기 위해서는 시간이 필요하다.

하지만 나무들은 온난화를 늦추기 위해 할 수 있는

모든 일을 한다.

어쩌면 처음으로 나무에게 인간이 필요할지도 모른다.

14

비가 장난치듯 즐겁게 창유리를 두드린다. 방금 전까지 나는 180개의 창문을 닦았다. '참나무의 황금'으로 불리는 도토리가 몸을 덥혀주어 집중호우를 활기차게 받아들일 수 있었다. 빗물은 새 잎을 두드리고 잎은 제각기 몇 방울을 받아낸다. 부식토를 보호하는 나뭇잎 파라솔은 뿌리에 물을 전달하는 경이로운 급수탱크다. 잎은 표면에 물을 간직했다가 잔가지, 가지, 줄기를 따라 미끄러뜨린다. 참나무는 하늘의 수도꼭지에서 물을 받아 마시려고 가지를 내민다.

나는 엄청난 희생을 치르고서야 내 집에 있는 네 개의 가지에 물이 줄줄 흐른다는 사실을 알았다. 이끼, 종이, 헝겊, 튜브를 사용해 막으려 했지만 속수무책이었다. 잎에서 몇 리터의 물이 작은 물줄기를 따라 흐른다. 나의 오두막은 나무껍질로 이루어진 운하에 떠 있는 곤돌라다.

나무와 숲은 잎의 표면 덕분에 하늘에서 쏟아지는

폭우로부터 자신을 지킨다. 잎은 물이 점진적으로 흘러 땅에 천천히 흡수되도록 도와준다. 잎이 새로 돋아나는 이 기간에 나무는 없어서는 안 될 저수탑이다.

곧 이루어질 수확은 정반대의 경로를 향한다. 뿌리털로 빨아들인 물은 나무 내부의 관을 통해 나뭇잎으로 되돌아간다. 나뭇잎은 광합성에 물을 이용하고 잉여분은 공기에 돌려준다. 나무의 연금술! 공기, 빛, 물에서 수천 개의 작은 초록색 센서가 물질을 만들어낸다. 천체와 숲의 공생으로 햇빛은 당糖으로 변한다.

나의 나무처럼 성숙기에 이른 참나무는 매일 200리터가 넘는 물을 끌어올린다. 나뭇잎은 구멍으로 물을 발산한다. 나무는 산소를 제공하면서 동시에 공기 중으로 막대한 양의 물을 증발시킨다. 여름날 숲은 파라솔이자 이상적인 공기 조절 장치다. 나무는 온난화 시대의 피난처다. 참나무 그늘은 곧 희소가치를 띨 것이다.

4월 7일

닷새 동안 내린 비에도 분명 이로운 점이 있다. 우선 물을 절약하게 된다. 구름에서 흘러넘친 물로 몸을 씻는다. 한바탕 폭우가 내리면 나는 밖으로 나간다. 러시아 노래가 떠오른다. "우리는 깊은 숲속에서 살기를 좋아한다네." 나는 벌거벗고 팔을 하늘로 뻗어 천상의 샤워를 하며 목청껏 노래를 부른다. 숲을 향한 도취가 넘쳐흐른다. 자연이 선사하는 음악과 혜성을 알 리 없는 사람들은 이런 나를 바보 같다고 여길 것이다. 상관없다. 다른 사람의 생각을 신경 쓰지 않고 살아가는 것은 삶을 살아가는 가장 좋은 방법이니까 말이다.

나뭇잎은 광합성에 물을 이용하고

잉여분은 공기에 돌려준다.

천체와 숲의 공생으로 햇빛이 당으로 변한다.

나무는 물을 끌어올리고

나뭇잎은 물을 발산한다.

나무는 산소를 제공하고

공기 중으로 물을 증발시킨다.

나무는 온난화 시대의 피난처다.

나무 그늘은 희소가치를 띨 것이다.

양을 키우던 시절, 나는 조금만 비가 내려도 양을 생각하며 기뻐했다. 프랑스 남서부의 사람들은 늘 가뭄을 걱정한다. 소나기가 내릴 때마다 풀을 베풀어준 하늘에 감사했다. 어미는 젖을 주고 새끼 양은 무럭무럭 자랐다. 양떼는 숲이나 초원 같은 바깥에서만 풀을 뜯어먹는다. 새끼 양이 섭취하는 단백질은 석유, 벌채, 거대한 경작지에서 멀리 떨어진 녹지에서 나온다. 숲은 우리가 먹는 음식의 우군이다. 늘 우리 편이다.

루아르 강가에서 양을 칠 때는 언제나 물이 두려웠다. 하늘에서 비가 끈질기게 퍼부어 하천이 범람할까 봐 경계심을 감추지 못했다. 어느 새벽, 양떼가 뿔뿔이 흩어진 것을 발견했다. 밤사이 강물이 불어 완전히 말라 있었던 하천 바닥이 더러운 물결을 토해내면서 열다섯 마리의 양이 루아르 강 상류에 만들어진 작은 모래섬에서 오도 가도 못하고 있었다. 거센 물살 앞에서 단 한 마리의 양도 물가의 양떼에 합류하지 못했다.

양들은 동물의 송곳니가 아니라 물결에 먹힐까 두려워 세갱 아저씨의 염소[35]처럼 메에~ 하고 울었다. 나는 옷을 입은 채 진흙투성이 물속에 뛰어들었다. 강물이 가슴까지 차올랐다. 루아르 강은 죽은 나무줄기와 가지로 가득했다. 나는 부유물을 헤치고 나아갔다. 이윽고 섬에 도착해서는 양들을 한 마리씩 물에 밀어 넣고 내 옆에서 헤엄치게 했다. 헤엄을 치기에 너무 어린 새끼 양들은 강의 이쪽과 저쪽을 오가며 손수 날랐다. 다행히 한 마리의 양도 잃지 않았다.

나는 켈트족과 카페 왕조^{프랑스 역사의 시작을 알린 왕가. 지방 분권화} ^{상태를 극복하고 절대왕정을 중심으로 국가 체제의 기반을 닦았다. 편집자}시대 프랑스의 발상지였던 카르누테스족[36]의 오래된 숲을 유목하며 목축 생활을 했다. 신관들이 집결했고 잔 다르크가 휴식을 취했던 생브누아쉬르루아르^{Saint-Benoît-sur-Loire} 수도원 근처였다. 하늘의 총애를 받은 솔로뉴 숲과 오를레앙 숲은 이곳의 자랑이다.

숲이 구름에 말을 거는 일은 마법의 영역에 속한다. 신관들, 이 '참나무-인간들'은 알고 있었을까? 마법 같은 일은 아마존 숲에서 관찰할 수 있다. 물이 부족해지면 나무는 불평하며 하늘에 영향을 끼친다. 동물의 이빨로부터 스스로를 보호하듯이 나무는 휘발성 분자를 조금씩 분출해서 수증기를 물방울로 변화시킨다. 경이로운 숲은 수증기를 액화시켜 구름을 만들었다가 바람을 작용시켜 큰 구름을 머리 위로 가져와 눈물을 흘리게 한다. 숲은 비를 내리게 할 수도 있고 화창한 날씨를 만들 수도 있다.

4월 15일

연신 내리던 비가 잠시 그쳤다. 참나무, 마가목[37], 단풍나무로 이루어진 신랑身廊[38]이 비가 줄줄 흘러내리는 둥근 천장을 지탱한다. 숲이 빛난다. 숲의 향이 콧구멍에 들어온다. 소나기에 흠뻑 젖은 작은 초목이 내뿜는 향이다. 나는 나무를 화살로 삼아 하늘을 겨냥한다. 성당의 첨탑처럼.

일주일 후 가족이 찾아왔을 때 노트르담 성당이 연기로 사라졌다는 사실을 알게 되었다. 부활절에 타다 남은 불이 된 셈이다. 13년 전 어느 봄날 아침, 나는 성당 후진後陣, 교회나 성당 건축에서 가장 깊숙이 위치한 부분, 주로 제단이나 유물이 놓인다. 편집자에서 마틸드에게 청혼했다. 우리는 돌로 이루어진 커다란 숲을 성큼성큼 걸었다. 성당 앞 광장을 프랑스 도로원표starting

124

point of mile posts, 도로의 기점, 종점, 또는 경과지를 표시하는 것. 편집자로 삼

아 예루살렘을 향해 도보 신혼여행을 떠났다. 야생에서 지

낸 8개월이었다.

우리는 보들레르처럼 먼 길을 천천히 나아갔다.

자연은 하나의 신전, 거기 살아 있는 기둥들은

때때로 어렴풋한 이야기를 하고

인간이 상징의 숲을 통해 지나가면

친숙한 눈길로 바라본다.

숲과 성당이 불타고 있다. 여기저기에서 화재가 끊임

없이 일어나고 있다. 정전, 지구의 과열, 인간의 어리석음에

지쳐 무릎을 꿇은 마돈나가 격앙된 것일까? 거룩함을 잃은

인간보다 공격적인 존재는 없다. 영혼의 거룩함이 식으면 지

구는 과열되고 불탄다. 불을 유지하고 문명이 쇠퇴하지 않

도록 보호하는 베스타의 무녀들[39]은 어디로 갔을까?

우리가 자연으로부터 멀어질수록 우리의 자연은 낯

설어진다. 우리가 자연에 머물수록 우리의 자연은 돌아온

다. 나무는 도시나 사막이 아니라 우리의 마음속에 심어야

한다.

소나기가 전보다 세차게 내린다. 참매가 순간적으로 비의 장막을 가로지른다. 맹금류는 벼락의 자손이다. 녀석은 내가 있는 곳에서 15미터 떨어진 곳에서 대기하고 있다. 몸통은 회색과 갈색으로 이루어져 있고, 가슴에는 밤색과 흰색의 줄무늬가 그어져 있다. 전투 복장으로 무장한 왕자의 풍채, 위풍당당함. 노란색 발톱이 단풍나무 가지를 쥐고 있다. 그 힘을 느낄 수 있게 나뭇가지가 내 팔이면 좋겠다.

우리는 서로 시선을 교차한다. 오렌지색과 검정색 수정으로 빛나는 두 개의 깊은 구球가 흰 눈썹 아래 돋보인다. 평온한 듯 보이지만 싸움을 마다하지 않는 눈. 눈동자에는 두려움도 의문도 없다. 그는 내장된 쌍안경 덕분에 자신을 관찰하는 나보다 적어도 두세 배 이상 가깝게 나를 식별할 수 있다. 나는 세 가지 색만 인지하지만 그는 다섯 가지 색을 포착한다. 주변 환경에 의지하고 있는 먹잇감을 찾아내기 위해 눈의 선명도를 강조할 수도 완화시킬 수도 있다. 그가 자리를 잡기 전에 나를 발견했다. 이미 주변을 파악한 눈은 작은 초목에 자리한 이해하기 어려운 대상의 정체를 발견하길 바라는 속내를 숨기지 않았다. 그는 나를 침묵하게 만든다. 부리처럼 명민한 그의 눈길이 내가 볼 수 없는 곳을 뚫고 나온다.

완벽한 푸른빛의 날에 맹금류는 하늘에서 원을 그린다. 매는 멈추고 지저귀며 급강하한다. 말똥가리의 울음소리에 나는 고개를 든다. 한 마리가 멀지 않은 곳에 둥지를 튼다. 말똥가리는 항상 남동쪽으로 작은 초목을 뚫고 들어간다. 굼뜬 비행은 안데스 정상에서 메르모즈^{Mermoz}의 비행기가 그랬듯이 나무줄기 사이를 헤치고 나아간다.

이 궂은 날씨에 참매는 제대로 사냥할 수 있을까? 이곳에는 더 이상 아무것도 돌아다니지 않는다. 개똥지빠귀도 들쥐도 산토끼도 보이지 않는다. 집중호우가 내리면 모두 집에 머무른다. 참매는 전광석화처럼 덩굴로 덮인 참나무의 갈래를 향해 사라진다. 새들이 공중을 난다. 싸움의 결과는 간단했다. 일방적인 싸움. 두 마리 새가 땅에 내려앉는다. 참매가 세게 움켜쥔다. 녀석은 몸싸움에서 이기기 위해 날개를 벌린다. 칼로 찌르듯 부리로 가슴을 몇 차례 쫀다. 비명소리조차 들리지 않는다. 산 채로 먹힌 산비둘기는 두어 차례 벗어나려고 시도해보지만, 참매는 침착하게 고기를 잘게 조각낸다. 한쪽의 허기와 다른 쪽의 최후.

15

한 달 동안 나무 위에서 지냈다. 오두막을 짓고 숲에서 지낸 지 두 달째다. 비가 오든 햇볕이 내리쬐든 상관없이 날씨가 나무의 크고 작은 가지에 쏟아진다. 천천히, 날씨는 새잎 돋아나기에 매달린다. 나무는 움직이지 않고 시간은 흐른다. 청회색 하늘 위로 비행기 한 대가 나뭇가지 사이에서 흰 선을 긋는다. 가속화하는 세계는 더 이상 나의 것이 아니다.

거미 한 마리가 내 침대에서부터 글을 쓰는 책상까지 거미줄을 친다. 나는 만년필을 들어 까매진 40쪽짜리 수첩 위에서 거미가 자유롭게 움직이도록 내버려둔다. 거미는 여백에서, 내 삶의 여백에서 멈춘 후에 창을 향해 서둘러 간다. 녀석은 거미줄로 공간을 만들면서 시간을 뽑아낸다. 나는 순간만 헤아리면서 나날을 제거한다. 여기에 머무른 지 1년은 된 것 같다. 내 순간들을 새 잎의 돋움으로 바꾸면서 현재가 조밀해졌다. 나는 저녁 메뉴까지만 생각한다. 그 이상의 내일, 다음, 미래를 상상하지 않는다. 나는 다른 곳의 미래를 상상하지 않는다. 나무에서 나 자신의 모습을 본다. 항상.

시간은 지나가버리지 않고 나에게 들러주었다. 나는 나무가 선사해준 시간을 손안에 움켜쥐었다. 시간은 나에게 순간을 남겼다. 그것으로 충분하다.

한 달 동안 나무 위에서 지냈다.

내 순간들을 새 잎의 돋움으로 바꾸면서 현재가 조밀해졌다.

나는 저녁 메뉴까지만 생각한다.

그 이상의 내일, 다음, 미래를 상상하지 않는다.

나는 다른 곳의 미래를 상상하지 않는다.

나무에서 나의 모습을 본다.

나는 나무가 선사해준 시간을 손안에 움켜쥐었다.

시간은 나에게 순간을 남겼다.

그것으로 충분하다.

이 벽도마뱀은 왜 나보다 몇 미터 위쪽에, 참나무에서 그렇게 높은 곳에 올라가는 걸까? 그는 몇 분간 빛 자국에서 꿈쩍도 하지 않는다. 배 속에 품고 있는 알을 익히기 위해 햇빛에 가까이 가려고 애쓰는 걸까? 이따금 몸이 떨린다. 나는 관찰한다. 녀석이 내게 가르쳐주었으면.

　나는 쌍안경을 집어 든다. 도마뱀은 슬그머니 혀를 내밀어 개미를 덥석 문다. 동작이 매우 빨라서 일꾼 개미들은 대응할 시간도 없다. 도마뱀은 개미가 남긴 흔적 주변에 머무르며 대열에 있는 개미들을 일정하게 덜어 먹으면서 혀를 내밀기만 하면 양껏 먹을 수 있다는 데 만족해한다. 개미들은 당황하지 않고 일렬종대로 계속 나아간다. 그리고 매미는 이웃 개미에게 먹이를 달라고 간청했다. 배불리 먹은 파충류는 뿌리로 향해 다시 길을 간다.

내가 실수했다. 나무, 책, 오두막, 샘물, 자신에 대한 사랑만 있으면 존재하는 데 충분할 거라고 생각했다. 하지만 식물학자 돋보기를 잊었다. 그것이 내게 문 하나를 열어줄 테다. 오색딱따구리가 맑은 날씨에 나에게 비밀을 가르쳐준다.

매일 작은 초목은 딱따구리가 애벌레나 곤충을 찾아 부리로 나무줄기를 두드리는 소리로 울린다. 이 굴착기는 5초에서 20초 동안 소리를 낸다. 그의 두개골은 부리의 타격에서 오는 과격함을 견디기 위해 정교하게 고안되었다. 특별한 눈꺼풀은 부리가 쪼는 동안 눈이 눈구멍에서 튀어나오지 않게 한다.(신중함은 지나쳐도 좋은 법이다.) 숲은 충격파를 흡수한다. 구멍을 뚫고 나면 거대하고 날씬한 혀가 구멍의 굽이와 좁고 긴 방을 뒤지는 데 사용된다. 그는 유충을 혀로 핥는다.

딱따구리는 규칙적인 간격으로 모든 골짜기를 두드린다. 봄에 나무껍질과 버드나무 부수기는 짝짓기를 위한 유혹과 마찬가지로 영양 공급에도 쓰인다. 그들은 숙녀들의 마음을 얻기 위해 두드린다. 두드리기의 리듬과 힘은 생식력과 자기 영역의 범위를 가리킨다. 딱따구리에게 구애하기란 지독한 소음이다.

오색딱따구리 한 쌍이 오두막 북쪽에 있는 죽은 나무에 거처를 정했다. 나는 유혹하는 수컷 때문에 귀가 따가웠다. 매일 거의 1만 2천 번 정도 쪼는 소리가 들렸다. 혼인을 위한 소란이 적어도 새끼들을 위해 구멍을 만드는 장점으로 이어지기를 바란다.

부패되고 있는 지주支柱로서 나무줄기는 동물 집단을 받아들인다. 생사가 불분명한 채 서 있는 나무들은 다양성의 성역이다. 숲의 균형 위에 세워진 승리의 탑. 나무의 몸체는 수백여 개의 종을 맞아들이고 이들은 거처를 공유한다. 죽은 나무에는 생명이 많기도 하다! 죽은 나무, 바람에 꺾인 나무 꼭대기, 쓰러진 나무가 많다는 것은 숲이 건강하다는 증거다. 숲에서 산책이 불편할수록 인간에게는 좋다.

　　참나무 뼈대 위에는 박새가 있다. 박새는 새끼들을 먹이기 위한 애벌레를 얻으려 내 참나무에 찾아오는데, 하루에 거의 400번을 왕복한다. 새알의 부화는 예로부터 애벌레의 부화와 동시에 이루어진다. 수천 개의 참나무 잎이 구멍 뚫기 직공으로부터 구제된다. 나무줄기의 중간 높이에는 동고비 한 쌍이 두 번째로 도착했다. 그들은 너무 큰 구멍의 입구를 진흙을 약간 이용해 개조했다. 암컷은 알을 품고 있다. 마지막으로 1층에는 딱따구리 한 쌍이 자리 잡았다. 자신의 식료품 저장실에 둥지를 튼 채 수컷은 드럼 치듯 나무를 두드린다.

아침저녁으로 집 벽을 두드리는 이웃을 두고 평온하게 알을 품을 수 있을까? 당연히 동고비 두 마리는 기진맥진했다. 그들의 야단법석은 재미있지만 그만큼 짠하다. 딱따구리가 다시 구멍을 뚫으면 요동과 진동이 일어나면서 이웃 간의 싸움이 펼쳐진다. 동고비 부부는 방해자를 쫓아내려고 달려든다. 그들은 나무 주위를 전속력으로 돌다가 부리를 앞으로 내세우고 딱따구리를 향해 급강하하는 폭격기처럼 내리꽂힌다. 대결은 십여 차례 반복된다.

충격이 가해지는 순간에 오색딱따구리는 날개를 방패막이로 활짝 펼치고 발톱으로 나무줄기를 꼭 붙든다. 그는 뻣뻣한 꼬리로 나무껍질에 기댄 채 버틴다. 빨강과 검정의 연미복을 입은, 이 태연자약한 멋쟁이는 감사할 줄 모르는 공격자들을 개의치 않은 채 두 번의 공격 사이에 더 깊게 구멍을 뚫는다. 동고비들은 사실 딱따구리가 오래전에 뚫어놓은 구멍에서 살고 있다. 그들이 새끼 걱정을 하지 않는 한. 딱따구리는 때때로 긴 혀를 이용해 둥지 깊숙이 있는 새끼를 꺼낸다.

사람들은 왜 숲에서 홀로 사는 게 지루하다고 생각하는 걸까.

내 시선은 이웃의 아파트를 굽어본다. 일기장에는 이렇게 쓰여 있다.

— 새처럼 사는 일은 내게 일어난 일 가운데 가장
  즐거운 사건이다.
  나는 미래를 걱정하지 않는다. 엄청난 소박함. 새.

오후 3시

숟가락을 깎아 만들기로 했다. 땅에 쓰러진 야생 벚나무의 장작을 잘랐다. 마른 나무에서 2센티미터 두께의 작은 판자를 만들고 연필로 숟가락 모양을 그렸다. 투박한 사냥용 칼로 초안을 따라 잘라냈다. 노간주나무 손잡이는 숲에서 나온 오렌지색 나무다. 금속 부분에 쓰기 위해 굴착용 막대기 조각을 꺼냈다. 이 무거운 철 막대는 울타리를 고정하는 데 사용되었다. 친구의 제련소에 들러 가공되지 않은 두꺼운 날을 날카롭게 정련했다. 내 손에서 만들어진 칼이다.

주목의 낮은 가지가 남쪽으로 흔들린다. 갑자기 자줏빛 나무와 짙은 초록색 잎이 마구 흔들린다. 활모양의 가지가 다람쥐의 재간에 느슨해진다. 봄이 다람쥐를 잠에서 끌어냈다. 녀석은 부식토에서 숨겨둔 식량을 뒤지면서 이를 간 후에 더 편안하고 믿을 만한 공중으로 날아오른다. 그는 수관에서 내가 위치한 높이를 지나간다. 이 줄타기 곡예사에게는 참나무 가지가 능선을 이룬다. 잎으로 이루어진 산은 다람쥐가 뛰어오를 때마다 휘어진다. 숲 전체가 부드러워진다. 그는 마가목과 너도밤나무 사이의 틈을 다소 빠르게 건너뛴다. 나뭇가지 끝에 매달린다. 유연하게 다시 시작한다. 적갈색 생명체가 코스를 벗어나 녹음에서 미끄러져간다.

오후 6시

세 시간가량을 묵묵히 일했다. 원목에서 일상용품을 얻어냈다. 저녁식사를 위해 과일조림이 든 유리병을 열었다. 사과 자두 조림을 먹기 위해 손수 만든 새 숟가락을 개시했다. 입안에서 "너무 까칠까칠하고 충분히 오목하지 않음. 개선할 것!"이라고 신호를 보낸다. 나는 다시 작업을 시작한다. 야생 벚나무에서 내 입천장에 알맞은 지점을 더듬어 찾으며 손은 두뇌를 연장한다.

숟가락을 다듬으면서 나는 공상에 잠긴다. 물건은 저마다 세계의 빛을 조금 불어넣거나 없앤다. 칼, 침대의 판자, 오두막의 마루판도 이 숟가락과 마찬가지다. 나는 그 물건들의 이야기를 알고 있다. 나는 그것들을 보살핀다. 이 숟가락은 시간을 제외하고는 전혀 비용이 들지 않았다. 내 취향대로 만든 숟가락이다.

세계의 시장은 우리에게서 역량을 제거해버렸고, 기계를 통해 수익과 채무를 가져가는 데 그치지 않고 우리가 끝없이 다시 사들이도록 다분히 변변찮은 물건들을 팔아치우는 기적과 같은 일을 해냈다. 어디에도 속하지 않는 물건들, 어떤 손이나 얼굴에도 구체화되지 않는 것들. 행하는 앎 savoir-faire이 없으면, 로봇은 무엇보다도 우리에게서 살아가는 앎savoir-vivre을 빼앗는다.

나무를 깎으며 나는 그 점을 다시 발견하며 랭보의 말에 동의한다.

세상의 수액, 강물, 초록색 나무들의 장밋빛 피가
판Pan의 혈관 속에 하나의 우주를 넣어주었던
시대를 그리워하노라!

살아가는 앎이란, 내게는 단순히 더 나은 삶의 질을 누리거나 덜 소비하는 게 아니라 우선 잘 소유하는 법을 배우는 것이다. 내가 추구하는 절제는 나를 소유하는 존재를 소유하지 않는 것이다. 진정한 단순함에 도달하는 것보다 더 복잡한 일을 나는 알지 못한다.

3년 전에 나는 비축해둔 건초 더미 위에 방수포를 고정하기 위해 크고 튼튼한 밧줄을 구입했다. 중국제는 선택의 폭이 넓었다. 블라디미르 일리치 레닌은 잘못 예언했다. "자본가들은 자신들의 목을 매달 밧줄까지 우리에게 팔 것이다." 전 세계 대형 슈퍼마켓은 격일로 한 명씩 목을 매는 프랑스 농부들에게 나일론 밧줄을 파는 데 성공했다.

부패가 세계와 자연을 이끌고 있다. 나무는 이 끊임없는 분해를 유익하게 이용한다. 겸손한 나무는 자신이 부식토에서 왔고 그곳으로 돌아간다는 사실을 알고 있다. 현명한 나무는 자기 앞날에 대해 숲의 세계보다 더 나은 세계를 상상하지 않는다. 나무는 해마다 스스로 변화하며 봄이 오면 숲을 조금씩 키워나간다.

살아가는 앎이란,

내게는 단순히 더 나은 삶의 질을 누리거나

덜 소비하는 게 아니라

우선 잘 소유하는 법을 배우는 것이다.

내가 추구하는 절제는

나를 소유하는 존재를 소유하지 않는 것이다.

나무들은 오늘 아침 안개에 젖어 있다. 참나무는 아직 잠 들어 있다. 날갯짓하는 새들이 참나무의 잠을 깨운다. 숲은 아직 큰 구름 속에 있다. 태양이 구름을 관통하기 위해 햇 볕을 내리쬐자 구름이 쪼그라든다.

오색딱따구리가 내 나무를 면밀히 조사한다. 그는 새 벽부터 보물찾기를 하고 있다. 녀석이 나를 깨운다. 나는 머 리맡 탁자 위에 있는 확대경을 들어 곡예를 하고 있는 딱 따구리를 지켜본다. 그는 '쉭' 소리를 몇 번 지르면서 떠난 다. 나는 나무줄기를 돌아보기 위해 줄사다리에 자리 잡는 다. 한 손으로는 사다리의 살을 잡고 다른 손으로는 확대경 을 조절한다. 자리가 그다지 안정적이지는 않다. 렌즈는 입 체감을 열 배 확대한다. 나는 참매보다 더 잘 식별한다. 사 다리에서 자리를 옮기다가 현기증이 났다. 떨어졌다.

16

나는 나무껍질 위에 떨어졌다. 나무껍질에 살고 있는 동식물과 더불어 하나의 세계가 열린다. 그때까지 나는 이끼와 지의류로 얼룩져 있는 참나무 껍질을 보았다. 회색, 오렌지색, 초록색 색조는 나무 캔버스 위의 모네 그림이었다. 확대경으로 보면 인상이 더 강렬하다. 숲의 축소물인 이끼는 반투명 초록색으로 두드러진다. 에메랄드색 관목들은 낮의 광채를 갖고 논다. 관목의 나무 모양은 금색 꼬투리에서 가는 강모를 들어올린다. 비취색 쿠션인 작은 수풀은 왕관 모양의 장식을 펼쳐놓는다. 나는 숲의 보석 가게에 눈으로 무단 침입한다.

　　나무껍질의 홈에는 거주민들이 우글거린다. 이 갈색 협곡의 접합면은 거미, 파리, 나방에게 훌륭한 집을 제공한다. 움푹한 곳에 움츠리고 있는 무늬말벌은 겨울에 동사해 절단된 채로 있다. 15분간 미세한 세계를 뚫어지게 바라본

후 멍한 채로 마룻바닥에 올라간다.

> — 아침을 그냥 보내지 않기로 했다. 그리고 다시
> 탐사를 시작하리라.

근육을 단련한다. 운동을 두 배로 늘렸다. 각 동작당
20회씩 2세트. 격렬한 체중 부하 운동 10여 회. 몸 상태가
좋다. 등 뒤로 달리는 소리가 난다. 노루 두 마리가 전속력
으로 지나간다. 노루 한 마리는 아프리카 원주민 기병처럼
자신의 뿔을 검으로 삼아 한 살 된 수노루를 뒤쫓고 있다.
자기 영역을 지키기 위한 끊임없는 추격. 한 살 된 수노루는
암컷과 함께 참나무 뿌리와 줄기가 이어지는 부분에 자리
를 잡았다. 암노루를 유혹할 마땅한 공간을 찾지 못해 전전
긍긍하는 사춘기 동물이 아니다.

대체로 땅거미가 지고 나면 노루가 잠자리를 만드느
라 낙엽을 건드리는 발소리가 들린다. 단편적인 대화 소리
도 들려온다. 가볍게 "피우~"하는 콧소리는 경고로 거칠
게 짖는 소리와는 전혀 다르다. 우리는 안심한다. 그들은 나
의 하루를 안다. 나의 소리와 냄새를 안다. 잠에서 깨어나
면 나는 땅에 생긴 두 개의 새로운 타원형을 나뭇잎 더미에

서 발견한다. 이 밤의 휴식처와 우정의 표시가 내 유리창을 장식한다.

사슴과 동물들은 난초과 식물처럼 자기 자리를 표시한다. 난초과 식물은 담쟁이덩굴, 갈퀴덩굴, 김의털아재비 사이에서 자신의 위치를 곤충에게 가리키면서 뚫고 나온다. 하층토는 탈바꿈한다. 찰칵. 빨간색, 보라색, 장미색이 만화경적인 숲에서 보인다. 귀중한 것이 많다. 살아 있는 줄기가 초록색 작은 보루 위에 자주색 깃발을 꽂는다. 꽃잎은 곤충의 암컷을 모방하고 향기가 계절에 맞는 몸치장을 완성한다. 세이렌 같은 꽃들에 매혹된 벌들은 매료당해 파리떼처럼 무더기로 쓰러진다. 난초과의 돈 후안인 뒤영벌은 화분에 취해 굼뜬 비행으로 떠나고 내게 모종의 살 이유를 남겨준다.

향신료 빵 한 조각을 차에 적신다. 내게 꿀을 제공해주는 일벌들의 건강을 위해 건배한다. 아몬드 한 줌을 깨물어먹고 소시지를 뜯어먹는다. 소리 내어 생각한다.

— 원기를 회복한 것 같아. 야생의 힘 덕분일 거야.

상황이 좋아졌음을 어떻게 느꼈을까? 삶에 대한 열

정이다. 세상을 떠나고 싶은 마음이 점점 사라져간다. 아니, 세상의 면상에 주먹을 날리고 싶을 정도다.

삶은 내게 매우 얼얼한 음식을 내놓았다. 내가 썹은 고추는 마음을 쑥대밭으로 만들었다. 고통은 우리 안에 숨겨진 것을 드러내 완만한 과정으로 악덕이나 덕을 심화시킨다. 겉으로 보이지 않을 뿐. 때로 어떤 존재는 삶의 상처 위에 멋진 나무로 자란다. 그들은 역경 위에 새 잎을 키운다. 몇몇 사람만이 내면에 있는 지옥의 뿌리에서 다른 사람을 보호해주는 가지를 얻을 수 있다.

오전 9시

손에 확대경을 들고 지붕에 올라갔다. 새 장난감은 눈 깜짝할 사이에 사다리에서 이동하게 해주었다. 참나무 꼭대기 위로 숲의 임관이 까마득히 펼쳐져 있다. 확대경 렌즈에 눈을 대자 숲의 원형이 축소된 형태로 펼쳐졌다. 내 눈은 하이프늄 이끼[40], 비꼬리이끼[41], 다른 물이끼 속에 둘러싸여 있다. 나는 시선을 바꾸게 도와주는 미지의 세계에 빠져들어 여기저기를 돌아다닌다.

이끼에 만족한 채 나는 가장 튼튼한 나뭇가지의 지의류에서 시간을 끈다. 한쪽은 올리브색에 무성하고 다른 쪽은 적갈색 표면에 비늘이 있다. 그중 하나는 빽빽하고 분화구를 뒤집어쓴 바오밥나무처럼 작달막하며 회색과 청록색의 매우 작은 줄기를 갖고 있다. 봄의 직립은 번식을 위한 것 같다. 내 눈앞에 가장 존재하지 않을 법한 결합이 있다. 지의류는 해초와 버섯이 배합한 것이다. 극소의 분화구에서 퍼진 포자는 멀리 바다 깊은 곳에서 생겨난 이 결합을 되풀이하기 위해 무역풍을 이용한다.

내 눈은 조개에 고정된다. 나는 다른 기슭에 있다. 1센티미터가 되지 않는 조개. 뚜렷한 원형의 고리를 갖고 있는 원추형의 아주 작은 달팽이.

집중하면서 반추형의 두 번째 껍질을 발견한다. 생각지도 않은 작은 연체동물이 참나무에 점액을 흘리고 있다. 나무껍질을 확대경으로 들여다보는 것만으로도 기분전환이 된다. 나는 20년간 만년설산 카즈벡산Mount Kazbek의 코카서스 빙하를 오르고, 아프가니스탄 반디 아미르 호수의 군청색 물에 뛰어들었던 모험가의 욕구를 품고 나무의 틈과 균열을 이리저리 돌아다닌다. 나무의 가장 바깥층을 돌아다니며 그것이 얼마나 아름답고 연약한지 깨닫는다. 참나무 잎맥이 그물 모양으로 나 있는 잎의 표면을 배회하면서도 같은 감탄을 자아낸다.

단순한 지의류와 작은 달팽이가 나태하게 굳어진 삶의 타성을 잊게 만들다니. 숲을 바라볼수록 나의 무지를 느낀다. 숲을 응시할수록 만족스럽다. 빅토르 위고도 분명 좋은 확대경을 가지고 있었을 것이다.

꽃에서 꽃으로 보잘것없는 물방울이 떨어진다.

구름과 새가 종일 나를 사로잡는다.

명상은 내게 사랑의 마음을 가득 채운다.

나를 즐겁게 해주는 숲은 빛나는 아름다움을 넘어 경탄을 불러일으킨다. 수관의 은밀한 출현에 감사의 눈물이 흘러내린다. 숲속에서 나는 삶의 한가운데 존재한다는 기쁨에 사로잡힌다.

내 삶은 겉으로는 모든 면에서 운이 좋은 것처럼 보였다. 하지만 나는 왜 내 삶이 실패했다고 여겼을까. 나는 왜 오래되고 거대한 나무숲을 보지 못하고 폐허가 된 벌판만 보았을까? 나는 겉으로는 참나무처럼 자유로워 보였지만 스스로를 속박했다. 우울의 골짜기에 존재하는 우아한 형상이 내가 아니었을까?

아니, 그렇지 않다. 나는 어두운 숲의 중심에서 삶을 망가뜨리기 위해 할 수 있는 모든 일을 했다. 분별력 없는 다른 사람들도 내 삶의 가치를 서서히 떨어뜨렸다. 나는 배신과 실패 외에 그들의 것도 짊어져야 했다. 너무 무거웠다. 나는 더 이상 나아갈 수 없었다. 죄책감이라는 이리 떼가 나를 둘러쌌다. 죄책감은 나를 머리부터 먹었을까, 아니면 마음부터 뜯어 먹었을까? 한 가지 확실한 건 죄책감이 내 영혼을 실컷 뜯어 먹었다는 점이다.

여기 이 활엽낙엽수에서 나는 왜 과거의 길로 돌아가 회한을 조장하는 걸까? 5월 4일의 일기를 꺼내어본다.

— 오늘 하루는 고통의 가지에서 만족하지 않으려
  노력했다. 고통은 아무 소용없다. 지금 나는
  걱정에 사로잡혀 있기보다 그것에 전념하려고
  한다. 내 가지에서 조금씩 고통을 풀어주고 있다.
  비늘처럼 떨어뜨리고 있다.

불행의 싹으로 인해 나무에서 별이 피어날 때 혐오스러운 고통은 의미를 발견한다.

비탄의 숲 한가운데서 삶은 내게 질문을 던졌다. "밧줄인가 삶인가?" 관인가 나무인가. 나는 궁지에 몰린 듯이 참나무 밑동에 있었다. 나는 조금 주저했다. 그리고 선택했다. "이 나무 말고는 [안 돼]."

이 아주 작은 복족류[42]는 무엇일까? 바다에서 멀리 떨어진 채 무엇을 하는 걸까? 내 조개는 클라우실리아로 드러났다. 나는 나선형의 둥근 지붕 같은 것이 움직이는 세 번째 조개를 발견한다. 뾰족한 나선 모양의 껍데기에서 진주 빛이 나는 작고 유연한 몸이 돌출해 있다. 그것은 갈색의 나뭇결무늬를 뻗는다. 혀 모양의 살이 느리면서도 성급하게 미끄러지듯 움직인다. 나무껍질 위에서 겨우 몇 센티미터 이동한다. 그것은 일 년에 1밀리미터씩 자라는 지의류의 시간 속에서 산다. 부르고뉴 달팽이가 집을 지고 다닐 때 클라우실리아는 탑을 끌고 간다. 두 개의 더듬이가 이끼의 숲에 대담하게 돌진한다. 그는 해초 맛이 나는 무성한 지의류 샐러

드를 뜯어 먹기 시작한다. 나는 확대경으로 바라본다. 빌보케[43] 형태의 살에 커다란 검은 구. 그는 갑작스러운 작은 움직임에도 촉수를 오므리면서 나를 지켜보고 있다. 녀석이 점심식사를 하도록 내버려둔다. 나는 오늘 그의 것과 비슷한 점심식사를 하러 간다.

오후 1시 30분

거위 고기 리예트 병을 연다. 잎 샐러드를 곁들인다. 참나무와 너도밤나무에서 나오기 시작한 밝은 색의 싹을 채취하려면 팔을 뻗기만 하면 된다. 내려가서 보리수나무와 산사나무 싹을 따온다. 그리고 호두 기름을 조금 둘러 맛을 낸다. 연하고 싱싱한 숲의 맛을 음미해보니 생각보다 맛이 좋아서 놀란다.

　　이 신선한 숲 샐러드를 맛보는 습관이 들었다. 나는 보리수나무와 산사나무 싹을 특히 좋아한다. 때로는 한창 자라고 있는, 야생 아스파라거스와 비슷한 루스커스 싹을 조금 섞는다.

하루의 남은 시간은 숲의 입자들 속에서 가볍게 산책을 한다. 지의류에서 이끼로, 클라우실리아에서 짤막한 고사리류로 이동하면서 생각한다. "이 나선형 조개와 별모양 이끼는 너무도 잘 만들어져 있군. 마치 소용돌이치는 은하수 같달까." 인간은 나무를 쓰러뜨리지 말았어야 했다. 그것은 천국이었다.

조물주는 금은세공사의 손과 많은 금을 갖고 숲을 일으켰다. 위대한 장인들은 세부적인 것에서 완벽하게 구별된다. 그것이 그들의 서명이다. 나무에 은거한 것은 신이 처음이었을 테다. 그는 자신의 작품에서, 숲의 복음이 읽히는 초록 잎들 사이에서 남몰래 산책한다. 그리고 나는 이 자연의 페이지에서 온전한 삼위일체를 예감한다. 수태의 영적 존재, 그로부터 발산되는 광채, 전체와의 조화. 모두 아름다움에 연결되어 있다. 모든 것이 전체 안에 있다. 모두가 아름다움에 연결되어 있다.

그리고 이날 저녁, 내가 침대에서 안락하고 자연적인 죽음을 맞는다면 나는 플로베르의 친구이자 모파상의 숙부인 알프레드 르 푸아트뱅Alfred Le Poittevin처럼 임종의 순간 침대 위에서 떠나게 해달라고 간청하면서 소리칠 것이다.

— 창문을 닫아요. 너무 아름다워요.

너무 아름다워요.

오후 7시

동고비 새끼들이 태어났다. 나무발바리 한 마리가 부리를
앞세운 채로 인근의 단풍나무 줄기를 내려온다. 그는 겨우
먹이를 발견한다. 애벌레는 꽤 크다. 나무발바리는 머리를
흔들면서 나무껍질에 애벌레를 여러 번 패대기친다. 애벌레
는 몸을 뒤튼다. 완전히 지쳐버린다. 나무발바리가 큰 부리
를 열어 삼켜버린다.

오후가 끝날 무렵, 나는 몇 줄의 문장을 남겼다.

— 나의 절망에 절망한다. 밤에 단죄되는 건 아닐까
의심스러울 정도다. (중략) 우리가 삶에 더 이상
기대하는 것이 없을 때 삶은 마침내 우리에게
도달한다.

절망을 통과하는 것은 나 자신을 평가하는 데 도움

이 된다. 나는 사랑이란 이웃을 나 자신처럼 사랑하는 것이라고 생각했다. 하지만 가장 어려운 것은 이웃을 최선을 다해 사랑할 정도로 자신을 충분히 사랑하는 일일지도 모른다. 자기 자신을 알고 자신을 올바르게 소중히 여기는 한 자유로운 운명으로 나아갈 수 있다.

그날 이후 나는 미세한 숲의 세계를 내면에 존재하는 숲의 전초로 간주하기로 했다. 이끼의 투명함과 지의류의 정밀함은 그 자체로는 내게 아무것도 보여주지 않는다. 그 것들은 신비의 입구로서 나를 대지의 영혼 속으로 들어가게 한다.

호흡을 되찾는 삶은 콘크리트, 금전적 이윤, 그리고 소음을 받아들이지 못한다. 도시화가 가속화하면서 우리는 숲에 등을 돌리고 말았다. 숲에는 무수한 성당이 존재한다. 나무를 자르는 것은 우리 안에 있는 하늘을 무너뜨리는 것이다.

절망을 통과하는 것은

나 자신을 평가하는 데 도움이 된다.

나는 사랑이란 이웃을 나 자신처럼

사랑하는 것이라고 생각했다.

하지만 가장 어려운 것은

이웃을 최선을 다해 사랑할 정도로

자신을 충분히 사랑하는 일일지도 모른다.

자기 자신을 알고

자신을 올바르게 소중히 여기는 한

자유로운 운명으로 나아갈 수 있다.

17

짧은 굉음이 골치 아픈 딱따구리의 노래를 중단시켰다. 나
뭇가지의 채찍질로 공기가 울린다. 작은 초목이 반향한다.
나무 한 그루가 빛과 물의 전쟁터에서 막 쓰러졌다. 소리로
판단하건대 틀림없이 거목일 것이다. 나무가 쓰러진 후 커
다란 평온함이 찾아왔다. 숲의 무리들은 잠깐 동안의 침묵
을 지켜본다. 나무들은 머리를 기울인다. 깊은 적막. 숲에
사로잡힌 고요함은 들리기보다는 보인다고 해야 옳을 듯하
다. 새 잎의 돋움 속에서 모든 것이 가벼워진다. 부서지기
쉬운 정적. 주의를 기울이며 나는 그 힘을 듣는다.

참나무 커피를 준비한다. 그것은 내 안에서 자랄 것이다. 나는 열매를 빻기 위해 분쇄기 손잡이를 돌린다. 손잡이를 돌릴 때마다 기름을 치지 않은 낡은 고물이 명랑하게 삐걱거린다. 울새가 손잡이 소리에 이끌려 나타난다! 한 달 동안 코빼기도 뵈지 않았던 녀석이다. 나는 가루 부스러기를 창가에 올려놓는다. 울새보다 방울새가 앞서 모이를 쪼아 먹는다. 다시 모이를 놓는다. 울새가 온다.

나무 꼭대기의 발코니에서 울려 퍼지는 세상의 네 가지 소리를 불규칙하게 인지한다. 골치 아픈 두 소리가 정련소 안쪽에서 흘러나온다. 밤에는 모터 가속 소리, 몇몇 운수 나쁜 날에는 격렬한 절단기 소리. 기분 좋은 두 가지 곡조는 아득한 옛날부터 온다. 성당의 어렴풋한 종소리, 사냥 나팔소리, 그리고 계곡의 메아리.

소로가 1841년 봄에 쓴 글은 언제 보아도 옳다.

― 조용한 저녁에 한 사람이 뿔피리를 부는 소리가
  들린다. 자연의 탄식이 들리는 것 같은 느낌이

든다. 내가 한 사람과 결부시킨 이 소리에는 사람보다 더 큰 무엇인가가 있다. 땅이 말을 하는 것이다. (중략) 그늘과 침묵을 통해 웅장한 모든 것이 여기에 불쑥 나타나는 듯하다.

이 모든 소리가 멀리 있는 것 같다. 무성한 나뭇잎들이 세상에 펠트를 씌운다. 나는 숲에서 세상의 소동으로부터 자유로워졌다. 알림음, 진동 소리, 전화벨 소리, 정보의 범람. 더 이상 강간과 폭력의 외침이 들리지 않는다. 무력과 눈물의 대소동. 그 외의 모든 소음에도 더 이상 시달리지 않는다. 끊임없이 쏟아지는 빛, 가로등, 풍력 발동기, 광고판…….

소란스럽고 환경을 오염시키는 거대 도시에 취약하면서도 안심이 되는 숲, 야생의 세계는 은신처를 바꾸었다. 나무와의 관계로 '야생'이라고들 하는 동물들이 내게는 문명화된 것으로 보인다. 여기에서 나는 다른 곳에 있다. 'For-estis'(숲)에, '밖에' 있다. 프랑스에서 가족들과 10킬로미터도 떨어지지 않은 곳에서 있으면서 멀리 떨어져 있는 단독자. 많은 불행을 피하게 해주는 우산 한편으로서 나무보다 더 아름다운 곳은 없다.

숲은 정화된다. 숲은 탄소, 질소 산화물과 미세먼지를 걸러낸다. 게다가 나무는 공기 중에서 호흡하는 모든 것을 통해 가장 많이 자란다. 부식토를 통해서보다도 훨씬 더 많이. 잎의 표면은 공기와 생태를 정화한다.

오후 3시

네 개의 소리. 아주 높은 곳에서 강렬하고 또렷한 휘파람 소리 같은 음이 들린다. 쉽게 사라지는 피리 소리가 숲의 지붕을 매혹시키는 걸까? 알 수 없다. 소리는 수많은 초목을 향해 외친다. '미-솔-도-미'처럼 들리는 음은 마구간의 마부처럼 힘차고 명랑한 휘파람 소리를 낸다.

오후 6시

나무는 거의 소리를 내지 않는다. 여간해선 주의를 끌지 않게 한다. 나무가 우리를 안심시켜주는 이유이리라. 나무는 소중한 것을 숨기고 이끼와 수피樹皮, 나무의 껍질. 줄기의 코르크 형

성층 바깥쪽에 있는 조직. 편집자 안에서 침묵의 보고를 지킨다. 숲
의 침묵은 내게 소리친다.

— 창조물을 들이마시는 걸 들어봐.

신성한 참나무의 바스락거림을 통해 인간에게 전하
는 신의 전언을 사제가 귀 기울여 듣는 가장 오래된 그리스
의 성소, 도도나[44]처럼. 아브라함이 마므레의 참나무에서
신의 숨결을 느꼈듯이.

나무가 쓰러지는 재난이 발생했다. 나는 망루에서 내려가
나무가 쓰러진 곳으로 서둘러 뛰어내렸다. 경사면 산비탈에
자라난 위엄 있는 너도밤나무가 최근에 내린 비로 젖어버
린 석회질 비탈을 버텨내지 못했다. 거기에 바람이 일격을
가했다. 전날 강한 돌풍이 생 드 글라스saints de glace[45]의 고
약한 우박을 내몰았다. 그리고 사파이어 색 하늘이 자리 잡
았다. 너도밤나무는 쓰러지면서 견고한 형제를 쓸어버렸고,
불과 10초도 안 되는 시간에 빈터를 만들었다. 그토록 커다
란 횃대가 돌풍에 쓰러질 수 있다는 사실에 연작류는 몹시
놀란 것 같다. 그래도 울새만은 굴하지 않았다. 조만간 백여

개의 어린 너도밤나무가 재생을 시작할 것이다. 너도밤나무
는 자손을 위해 생명을 중단하고 후손에게 비옥한 부식토
를 제공할 것이다.

고개를 들어 수관에서 커다란 파란 틈새를 본다. 본
능적으로 생각한다.

— 죽은 나무는 태어날 때부터 그가 구하고자

   애썼던 빛에 자리를 내준다. 이것이 운명이고

   끝이다. 나는 그의 초록색 깃털 아래 합류한다.

그날 저녁 오두막에 올라가면서 짧은 메모를 적었다.

— 나는 나무처럼 산 채로 꼿꼿이 서서, 용감하게 죽고

   싶다!

내 핏줄에 흐르는 근위병近衛兵, 임금을 가까이에서 호위하는 군사. 편집
자의 정신은 프랑슈콩테 출신의 어머니로부터 물려받았다.
기병騎兵, 말을 타고 싸우는 병사. 편집자의 정신은 아버지로부터 이

어받았다. 그는 시장이 승리를 구가하는 시대에 뒤처진 경기병輕騎兵, 민첩하게 활동할 수 있도록 가볍게 무장한 기병. 편집자이었다. 만약 나폴레옹이 아버지를 보았다면 친구나 장군의 자질을 간파했을 것이다. 아버지는 어리석음과 비겁함을 검으로 베어내면서 삶의 장애물에 열정적으로 돌격하는 법을 내게 가르쳐주었다.

우수한 기수였던 아버지는 말에 대한 애정을 우리에게 물려주었다. 나는 겨우 말 타는 법을 배운 정도였지만 말에 매달려 고삐를 잡기에는 충분했다. 여름은 말을 타고 산책하기에 좋은 계절이다. 8월의 어느 날이었다. 열다섯 살이나 열여섯 살 정도 되었을까. 나는 박차를 가해 말을 전속력으로 몰아 까마득한 숲길을 달렸다. 너무 좋았다. 그러나 1분도 채 지나지 않아 말에서 심하게 굴러 떨어졌다. 충격과 당황함을 견디지 못한 나는 말을 끈 채로 집으로 돌아갔다. 아버지는 멀리서 보았는데도 금세 상황을 이해하셨다.

— 부러진 데는 없니?

— 없어요. 괜찮아요.

— 그래, 별거 아니야. 우수한 기수에게도 얼마든지

일어나는 일이야. 다시 말에 올라타야 해.

— 내일쯤요.

나는 곤두박질과 멍에 혼이 나서 말했다.

— 안 돼, 당장 다시 타야 해.

아버지는 다독여주었지만 나는 겁에 질린 채로 말에 다시 올랐다. 아버지가 거들어주었다. 나는 숲과 계곡 길로 말을 몰았다. 빠른 질주에 사로잡힌 채 나폴레옹의 말 마렝고보다 빠르게 숲으로 나아갔다. 도취되었다. 전속력으로 내달렸다. 가슴이 터질 것 같았다. 내 기마 여행의 동반자는 오직 나무뿐이었다. 소사나무, 참나무, 단풍나무가 나를 통과하며 가지로 인사를 건넸다. 숲의 이슬비가 나의 감각과 얼굴을 후려쳤다. 전속력으로 기마 산책을 하면서 추락과 두려움을 향해 돌진했다.

나는 삶에서 고꾸라졌다. 아버지 생각이 났다. 재능과 검을 갖고 등자鐙子, 말을 타고 앉아 두 발로 디디게 되어 있는 물건. 편집자에 발을 올렸던 아버지. 지금 나는 나뭇가지라는 말에 올라탔다. 나의 참나무는 나뭇잎을 날개 삼은 페가수스가 되어 나를 비탄의 숲 너머로 달리게 한다.

밤이 숲에 내려앉았다. 가로등에 부딪히지 않음을 다행스러워하며 네 개의 커다란 초에 불을 붙였다. 축제 기분이 났다. 나무는 등대다. 불나방이 창문을 장식한다. 작은 박각시나방[46]이 창유리 뒤에서 날개를 넓게 벌린다. 눈을 고정시킬 필요 없이 크게 뜬다. 침묵을 지킨다. 박쥐 세 마리가 달 앞에서 춤을 추며 끽끽 울면서 나를 조롱한다. 밥은 너무 익히는 바람에 망쳤다. 수제 토마토소스도 탄 맛을 바꾸지 못했다. 오래 숙성한 포도주 몇 잔이 실수를 만회해주었다. 디저트는 꿀에 담근 호두와 아몬드와 레몬 맛이 나는 야생 멜리사 차로 정했다.

　　　　겨자멜리사 꿀풀과에 속하는 향기 나는 풀. 향수의 방향 물질이나 샐러드, 수프, 소스, 음식에 넣거나 포도주나 과실주의 향료로 쓰인다. 편집자 한 다발을 말려놓았다. 보리수나무, 쐐기풀, 두견초 옆에 거꾸로 매달려 있다. 숲에 오기 전에는 야생 멜리사를 몰랐다. 꿀벌처럼 나도 꽃 덕분에 관심을 갖게 되었다. 분홍색 혀를 내민 작고 하얀 요정. 세모난 톱니 모양의 잎이 긴 줄기에 매달려 있다. 꽃이 피어 있고 따끔거리지 않는 쐐기풀. 겉에서 보기에는 향기가 날 거라고 생각할 수 없는 모양새다. 이

향조香調에 콧구멍을 댔다. 종형화관鐘形花冠, bell-shaped, 종 모양
으로 된 화관. 편집자이 꿀과 가벼운 후추 향을 연달아 분출했다.
머릿속에 향이 가득 찼다.

오늘 따라 설거지가 평소보다 오래 걸렸다. 냄비 바
닥이 검게 타버렸다. 나는 바닥을 긁고 또 긁었다. 결국에
는 초시류鞘翅類, 절지동물 곤충류에 속한 목. 앞날개는 딱딱하고 그 속에 얇
은 막으로 된 뒷날개가 있다. 편집자의 묵직하고 윙윙거리는 소리가
가까워져서야 잠자리에 올라갔다. 어쨌든 손님이 올 것이
다. 숲에서 예기치 못한 일은 결코 쉬지 않는 걸까? 누구일
까? 풍뎅이 한 마리. 수컷. 장난꾸러기. 녀석은 난간에 앉자
마자 나무 바닥과 창문 사이의 틈을 찾아내서 빛에 이끌려
집 안에 슬그머니 들어온다. 풍뎅이는 보통 달빛으로 지표
를 찾는다. 내 등대가 방향을 잃게 한 셈이다.

나는 재빨리 기회를 잡아 확대경을 들었다. 풍뎅이가
착륙하는 모습을 지켜본다. 녀석은 처음 공중 비행을 체험
하기에는 너무 좁은 나의 작은 방 안에서 서투르게 맴돈다.
적갈색의 앞날개와 비단 같은 날개는 그의 무게에 비해 잘
못 만들어졌다. 비율이 잘못되었다는 것을 확인하기 위해
확대경으로 볼 필요도 없다. 그는 아름답지 않지만 세부적
으로 보면 전적으로 추하지도 않다. 카바레에서 좋아하는

참나무 잎의 수액을 마시고 취해서 나온 것처럼 비행이 비틀거린다. 그는 수액을 마시고 집게 턱으로 찧는다. 부드럽고 억센 힘. 천천히 내게 오렌지색 더듬이를 보여준다. 부채꼴로 펼쳐진 더듬이는 묵직함 속에 있는 약간의 우아함을 돋보이게 한다. 발가락이 일곱 개 달려 있고 박층으로 된 두 개의 섬모는 유혹하는 눈짓을 하는 데 사용하는 걸까?

완전히 적갈색인 암컷은 점잔을 빼지 않는다. 수컷과 마찬가지로 능란하게 신방新房이 되어버린 내 방으로 들어온다. 내 집은 닫혀 있지 않다. 교미는 촛불 프로젝터의 조명 아래에서 시행되었다. 내 마룻바닥이 풍뎅이들의 무대로 사용된 것은 기뻤지만 졸려서 그만 눕고 싶었다. 이번만큼은 이 장면을 텔레비전에서 보는 게 나을 뻔했다. 숲속 오두막에는 끝없는 동물 다큐멘터리를 중단시킬 리모컨이 없다.

당분간 내 집은 풍뎅이 두 마리가 박쥐에게 먹히지 않게 보호처가 될 것이다. 드디어 그들의 연극적인 놀이가 끝났다. 둘을 내보내려면 잡아야 한다. 그들은 민첩하다. 마룻바닥을 떠나지 않기 위해 나름의 노력을 기울인다. 다음 천 년은 진화하면서 비행보다는 걷기에 만족해야 할 것이다. 그들의 지하에서의 삶은 시험비행 조종사가 되기에 도움이 되지 않는다.

풍뎅이 유충은 어둠 속에서 나무의 뿌리를 양껏 먹으면서 3년을 지낸다. 어린 시절을 보낸 잔뿌리를 일단 떠나면 잔가지를 맛보기 위해 공중으로 간다. 풍뎅이는 참나무를 머리부터 발끝까지 찔러댄다. 그 후 사랑의 비상 시간이 오고 다음 달에는 죽음이 그들을 쓰러뜨릴 것이다. 따라서 번식해야 한다. 신속하게. 한 세대는 겨우 3년간 이어진다. 이번 봄은 확실히 내게 호의적이다.

나는 암컷 풍뎅이에게 알을 낳을 기회를 주기 위해 창문을 열어주었다. 바보 같은 녀석. 불나방이 뛰어들더니 양초에 달려든다.

매주, 풍뎅이 떼가 나를 찾아온다. 올빼미가 지켜본다. 번데기의 부화는 그의 눈에서 벗어나지 못했다. 올빼미는 어느 날 저녁 나뭇가지에 앉아 있었다. 나는 그를 어루만지고 싶었다. 이 흰 옷을 입은 여인들은 천진난만하다. "위, 위" 하고 반복해 운다. 저녁식사는 바삭바삭할 것이다.

너도밤나무가 쓰러지고 초지류는 윙윙거리고 박각시나방이 미친 듯이 움직여서 오늘 내내 주의를 돌릴 겨를이 없었다. 몇 주 만에 내 정신에 다시 여유가 생겼다. 나는 해독되었다. 우리 세계에 경이로운 것이 없는 게 아니라 경이로운 것에 우리의 시선이 없는 것이다.

우리는 여가 생활, 스크린, 구매에 이끌려 인공조명의 쉬운 먹잇감이 되는 불쌍한 나방이다. 현대 세계는 우리를 본질적인 것으로부터 격리시키기 위해 우리 감각의 방향을 바꾸어버리는 마법사다.

어떻게 할 것인가? 고대 그리스인들의 용기에 대해 카뮈가 한 말을 기억해야 할 것이다.

— 우리는 아름다움을 추방해버렸지만
그리스인들은 아름다움을 위해 무기를 들었다.

다음 세기에는 주의 깊은 존재들이 남아 있을까? 별에 불 밝힐 각오를 지닌 채 침묵의 요새를 지키는 보초는 어디에 있을까? 지구촌의 폐허 위에서, 일률적인 도시의 소음 속에서, 누가 이 밤의 깃대를 휘두를 것인가? 경이로움의 깃발을?

18

— 외롭지 않겠어? 무섭지 않아?

친구 세바스티앙이 내가 출발하기 전에 물었다.

— 숲에서는, 그럴 일 없어!

회의, 저녁식사, 파티…… 나는 수없이 혼자라고 느꼈다. 그러나 이곳은 사람과의 약속도 인터넷도 없다. 평온하다. 디지털보다는 식물, 위고의 녹음^{vert}과 시구^{vers}.

내가 그대들, 이 커다란 숲의 나무들 사이에 있을 때

나를 둘러싸면서도 감추는 모든 것에서

내가 나 자신을 되돌아보는 고독 속에서

나는 어떤 위대한 사람이 내 말을 듣고 나를 사랑한다고

느낀다.

인터넷이 되지 않는 장소는 의외의 성역이다. 숲은 나의 접속을 끊어버리고 자신에게 연결시킨다. 나의 나날은 봄의 끊임없는 흐름에 연결되어 있다. 원료 그대로 또는 공들여 만든 흐름의 매우 느린 전송. 야생의 네트워크가 나를 찾아온다.

인터넷이 되지 않는 장소는 의외의 성역이다.

숲은 나의 접속을 끊어버리고 자신에게 연결시킨다.

나의 나날은 봄의 끊임없는 흐름에 연결되어 있다.

원료 그대로 또는 공들여 만든 흐름의 매우 느린 전송.

야생의 네트워크가 나를 찾아온다.

어제는 오소리 한 쌍이 오더니 오늘 저녁에는 외톨이 한 마리가 갑자기 들이닥쳤다. 무리에서 떨어져 나온, 자유로운 멧돼지 한 마리다. 그는 혼자 있는 것을 개의치 않고 행동했다. 아니, 아무도 그가 혼자 있는 것을 개의치 않았다. 멧돼지는 자라면서 기질로나 어원으로나 단독자[47]가 된다. 그의 방어 수단은 자신감이다. 홀로 있는 것이 그의 무리와 그가 굳게 결속되어 있는 땅을 침해하지 않는 비결이다.

그는 발로 땅을 두드리고 주둥이로 땅을 파헤쳐서 약간의 지렁이, 나무뿌리, 풍뎅이 유충을 찾았다. 냄새를 맡으며 갈지자를 그렸다. 그리고 땅을 뒤지기 위해 멈췄다. 기분 좋게 코를 킁킁거리면서 유유히, 그리고 둔중하게 다시 빠르게 걸었다. 그는 내 참나무와 죽은 나무 사이에 계속 코를 갖다 댔다. 이번만은 박새, 동고비, 딱따구리도 합의를 본 모양이다. 나도 그들에게 동조한다. 우리는 한마음으로 숲의 상층에 있음을 만족해한다. 아이고, 이 눈엣가시가 썩어 가는 나뭇가지를 들어올린다. 땅을 판다. 흥청망청 먹는다. 조금 흥분하더니 정동쪽의 작은 골짜기로 달리기 시작한다. 이 외톨이 녀석은 내 언덕에서 3분도 머물지 않았다. 조심성

있게 은밀히 움직이는 녀석은 내가 여기에서 발견한 유일한 돼지였다. 덩치와 머리로는 거의 두 마리에 비길 만했다.

나는 아래로 내려가서 은밀히 살펴보았다. 뒷발굽 자국이 앞발굽을 어설프게 뒤덮고 있다. 나이 많은 수컷이다. 주둥이의 힘이 깊숙이 파헤친 부식토에 아직도 남아 있다. 나는 무릎을 꿇고 미완의 향연으로 새로 뒤집힌 흙에 손을 집어넣었다. 살아남은 지렁이들이 서둘러 몸을 감췄다. 그들은 멧돼지가 근육을 키우기 위해 즐겨먹는 오늘의 단백질이 되지 않았음에 기뻐하고 있을 것이다.

지렁이는 낙엽을 삼키고 땅에 묻는 노동을 계속했다. 숲의 건초 더미를 비옥한 부식토로 바꾸는 데 일생을 바치는 작은 농부라 할 만하다. 땅의 뱃속에서 그들은 세계를 소화한다. 이 하층토下層土, 지표보다 아래에 있는 토양. 편집자의 주민들은 나뭇가지가 떨어뜨린 것을 뿌리에 돌려준다. 세상에 사라지는 것은 없다. 이 봄날, 나무는 땅의 은총을 기원하며 가을이 남겨준 선물인 잎을 뿌린다.

세상의 흙에는 얼마나 많은 생물이 존재할까? 미세 동물과 미세 식물microphyta, 微細植物, 광합성 색소를 가지고 광합성을 하는 식물 가운데 200마이크로미터 이하의 크기에 속하는 식물류. 편집자 무리가 분주히 움직인다. 곤충, 연체동물, 유충, 톡토기[48], 원생

171

동물, 진드기, 다족류, 방선균[49]…… 찻숟가락 하나 분량의 흙에 십억 개 이상의 박테리아가 존재한다. 마이코박테리움 박케숲속 토양 박테리아로 면역 반응과 우울증, 기억력에 좋은 박테리아로 알려져 있다. 편집자는 기쁨의 박테리아다. 흙을 만진 후 화학 처리가 되지 않은 뿌리채소를 섭취하면 박테리아는 장까지 활로를 열어주고, 배가 막힌 듯한 증상을 풀어준다. 이 박테리아는 약간의 세로토닌을 분비하면서 걱정도 덜어준다. 흙은 효과적인 해독제인 걸까? 흙은 위로가 된다. 나는 거무튀튀한 한 줌의 부식토를 쥐고 냄새를 맡는다.

농부로 살아온 나는 사람들이 유콘산에 몰려들었던 것처럼 검은 금으로 달려들었다. 그러나 나는 혹독한 농촌의 삶을 견디지 못하고 실패했다. 지금, 한 줌의 흙냄새를 다시 맡으며 생각한다. "쓰러지고 실패하다 보면 다시 자리를 잡을 수 있지 않을까?" 종자나 도토리처럼 싹이 나려면 더 이상 존재하지 않는 데 동의해야 한다. 실패는 삶을 향상시키기 위한 가장 좋은 방법이다.

  내가 열심히 일하고 사랑했지만 좋은 결과를 얻을 수 없었던 이 땅은 시련을 통해 뜻밖의 보물을 안겨주었다. 우리 농부들을 땅에 묻어버린 사람들에게 감사하자. 우리를 짓밟으며 자신들의 이익을 지켰다고 믿는 그들은 우리에게서 싹이 나오고 있음을 알지 못하리라. 그리고 우리의 운명을 맨 앞에서 인도하는 지난날의 잘못과 실수에 감사하는 일도 잊지 말자.

대학에 다닐 때 나는 첫눈이 내리면 친구와 함께 종종 쥐라산[50] 정상에 올랐다. 우리는 가방을 메고 눈 신이나 크로스컨트리 스키로 숲속 오두막에서 산장으로 나아갔다. 고원은 전나무와 분칠한 것 같은 독일가문비나무, 공터와 얼어붙은 호수가 채우고 있었다. 우리는 스라소니식육목 고양이과의 포유류. 편집자와 큰 뇌조[51]를 옆에 두고 흰 수면 위를 모험했다. 때로는 야영을 위해 커다란 수지류樹脂類, 강한 향기가 나는 물질을 생성하는 식물류. 편집자 밑을 파서 나뭇가지로 만든 텐트 아래 잠들었다. 썰매는 없었지만 우리에게 북극이나 다름없었던 리주 숲과 마사크르 숲을 활기차게 달렸다. 그때부터였을까. 나는 숲에서 달리는 습벽習癖, 오랫동안 자꾸 반복하여 몸에 익어 버린 행동. 편집자을 유지했고, 지방 곳곳을 지날 때마다 이 나라의 309개 숲 중 한 곳에 들러 서둘러 인사를 전

하곤 했다.

랑드 지방은 운하에서 키 큰 고사리류와 커다란 초록색 팜파스그래스 사이로 노를 저어 나아가는 게 좋았다. 거인의 죽마, 소나무는 모래언덕을 지키며 어깨 너머 바다로 인도한다.

숲의 오솔길은 때때로 프랑스 역사의 길과 교차한다. 모르방 숲의 부브레 산 위에 있는 갈리아의 요새 도시는 서로 얽혀 있는 너도밤나무에게 공략되었다. 프랑수아 1세는 샹보르 숲에서 왕궁 사냥을 했다. 트롱세에 있는 콜베르 숲의 오래된 참나무들은 견고한 선박의 나라 프랑스에 공급하기 위해 심은 것이다. 베르됭 숲에 있었던 제1차 세계대전의 지옥 같은 참호는 생물 다양성의 낙원이 뒤덮었다. 휴전협정 서명은 콩피에뉴 숲의 기차 안에서 이루어졌다. 1944년에는 4천여 명의 레지스탕스 활동가가 베르코르 숲에 은신한 채 투쟁했다.

우리는 프랑스를 떠나지 않고서도 몇몇 숲을 통해 전 세계로 떠날 수 있다. 랑드 지방의 위세 강에 있는 작은 아마존 우림, 피레네 지방의 구르그 다스크에 있는 열대 우림, 보슈 숲의 마셰 투르비에르에 있는 약간의 아일랜드, 근처

제라르드메르 숲에서 부는 빙하시대의 북극권 바람, 그리고 프로방스 숲 모르 평원의 드문드문 서 있는 높은 파라솔 소나무와 아프리카 사바나 스타일.

나는 이 여행에서 다양한 너도밤나무와 다른 식물상을 만나는 걸 좋아한다. 프랑스에는 숲의 종족이 많이 있다. 포 드 베르지faux de Verzy의 기묘하게 비틀린 너도밤나무, 세심한 임업자 세대의 결실인 베르세 숲의 거대한 활엽수, 알자스 아티샤임 숲의 나뭇등걸, 또는 프티 뤼베롱 정상에서 군림하고 있는 삼나무 무리.

주Joux 숲에서 나는 프레지당 전나무의 등을 두드렸다. 나무는 고상하게 뚜렷이 드러난 전나무 숲에 둘러싸여 45미터 높이에서 나를 굽어보았다. 훌륭한 나무와의 만남은 무수히 생겨나겠지만 팽퐁 숲의 매혹은 절대로 놓쳐서는 안 된다. 퐁튀스의 너도밤나무와 기요탱 참나무가 브로셀리앙드의 진정한 영웅임을 알기 위해서는 아서왕의 전설도 멀린[52]도 필요 없다.

어떤 나무에서든 묵상을 할 수 있다. 수도원의 많은 나무는 '기도하고 일하라ora et labora'라는 정신을 낳았다. 수도사들은 가급적 도끼를 사용하지 않았지만 전설은 그런 말을 하지 않는다. 그들은 언제나 세계와 우리 사이에서 숲을 지켜왔다. 프랑스의 가장 아름다운 숲에서 침묵이 솟아났다. 몇몇 숲은 여전히 그곳에 머물러 있다. 카니구, 그랑드 샤르트뢰즈, 생트 봄, 시토, 보스코동…… 내가 좋아하는 숲이다.

프랑스의 모든 산맥은 산록지대에 두툼한 초록색 장화를 신긴다. 이쪽에서 저쪽으로 산록지대를 가로지르는 어두운 길을 걷는 데 없어서는 안 된다. 변변찮은 공유림이든 특별한 숲이든 이끼가 깔린 앞뜰을 밟고 입구를 지나자 나무들은 나를 향해 몸을 기울인다. 그리고 프랑스의 숲들을 비교하지 말라고 간청한다.

숲은 저마다 자기 방식대로 대성당이 되거나 혼란의 시기를 지나는 사람들을 위한 도피처가 된다. 숲은 하나의 태양 아래 모여 독특한 방식으로 빛을 가지고 논다. 숲에서 나는 고개를 들어 나무-장인이 제작한 나뭇잎 채색유리를 발견한다. 프랑스 고딕 양식으로 만들어진 '원화창圓華窓, 창살을 꽃송이 모양으로 만든 둥근 창. 편집자'이 생기기 전, 그러니까 수천 년 전부터 나무는 유리 세공의 거장으로서 겨울철 동지 冬至의 빛으로 작품을 제작하는 법을 알고 있었다. 노트르담, 랭스, 샤르트르, 생드니의 원화창은 나뭇잎에서 착상을 얻은 게 아닐까? 사람을 그늘에서 빛으로 움직이게 하기,

밖에서 보지 않은 채 안에서 빛을 발하기.

둥근 창의 나무는 신비로운 장미rosa mystica의 중앙에 자리해 둥근 형태의 수관을 펼친다. 납빛 가지에 둘러싸인 각각의 잎은 유리가 되어 초록색 광채에 음영을 준다. 나뭇잎은 순수하게 햇빛이 통과하도록 내버려둔다. 수천 개의 색조로 번쩍이며 녹음 아래에 사는 이들을 비춘다. 송악 기둥머리, 줄기 기둥, 지면의 포장 위에서 햇빛의 반사광이 금녹색, 암녹색, 따뜻한 녹색, 진녹색, 연녹색, 엷은 녹색, 적녹색을 자아낸다…… 나는 색깔에 민감하다. 인간의 눈은 어떤 색보다도 초록색 색조를 잘 인지한다. 희미한 빛이 원화창을 드러낸다. 내 눈은 원형의 장식을 씻어내고 시선은 녹색이 된다. 참나무 잎은 빛에서 물질을 초월한다.

6월 2일

그것은 하나의 의례가 되었다. 아내와 아이들은 주말이면 나와 합류한다. 주일만큼은 나는 가정적인 가장이 된다. 오두막 아래에 모닥불을 피워 숯에 소시지를 굽고 초코바나나를 만든다. 때로는 당나귀와 함께 샘에 물을 구하러 간다.

나는 가족들에게 애송이 박물학자의 발견을 나눈다. 우리는 놀이를 한다. 그들에게는 내가 오두막 도처에 알을 숨겨놓은 것만 같이 보인다.

우리는 참나무 잎 밑에 생긴 벌레혹을 찾는다. 각다귀 크기만 한 참나무잎붉은혹벌이 낳아 놓은 기묘한 알이다. 벌이 싹이나 나뭇잎을 찌르면 나무 구슬 형태의 이상한 작은 혹이 생긴다. 유충은 그곳에서 영양을 취하고 알이 커지면 벌이 나온다. 예전에는 양피지용 잉크로 쓰기 위해 참나무에 있는 벌레혹을 수집했다. 아이들은 벌레혹으로 주머니를 잔뜩 채웠다.

알 찾기는 계속된다. 아이들은 내 (식량 저장용) 수납함 바닥에서 타원형의 하얀 알 수백 개를 찾았다. 개미가 향신료빵 부스러기와 설탕 가루 바로 옆에 알을 놓았다. 마지막으로 딸이 매트리스와 나무판자 사이에서 거미 새끼를 발견했다. 이번에는 흙으로 만들어진, 작은 럭비공 모양의 알인데 십여 개의 알집이 교묘하게 모여 있다. 세심한 아이들은 내가 자는 동안 거미가 깨어나 나를 찌를까 봐 거미를 내쫓고 싶어 했다.

— 그냥 놔두렴. 이 가족은 아마 아빠보다 훨씬 오래

전부터 나무에서 살고 있었을 거야.

　

나와 가까이 지내는 존재를 더 잘 알기 위해 나는 더 섬세해진다. 나는 이제 막 내 거미 자매들을 내보내고 개미 알을 신중하게 옮겨놓았다. 우주의 균형을 어지럽힐까 봐 모기를 짓뭉갤 수 없었던 아시시의 포베렐로Poverello나 자이나교의 수도승이 이해된다. 나무에서 사는 것은 보이지 않는 관계의 힘을 느끼는 것이다.

나는 숲과 굳게 결속되어 있다. 나는 숲과 그곳에서 사는 생명체들과 동행하는 은둔자다. 내 안에는 지렁이의 친구가 있다. 그리고 지렁이는 나무의 친구다. 나무는 인간, 큰 구름, 천체의 친구다. 천체는 성운의 친구다. 그리고 성운은 무한의 친구다. 나는 지렁이를 통해 무한에 더 굳게 결속되어 있다고 느끼는 은둔자다.

나와 가까이 지내는 존재를 더 잘 알기 위해

나는 더 섬세해진다.

나무에서 사는 것은 보이지 않는 관계의 힘을 느끼는 것이다.

나는 숲과 굳게 결속되어 있다.

나는 숲과 그곳에서 사는 생명체들과 동행하는 은둔자다.

내 안에는 지렁이의 친구가 있다.

그리고 지렁이는 나무의 친구다.

나무는 인간, 큰 구름, 천체의 친구다.

천체는 성운의 친구다.

그리고 성운은 무한의 친구다.

나는 지렁이를 통해 무한에 더 굳게

결속되어 있다고 느끼는 은둔자다.

도시에서의 습관을 엉클어뜨리더라도 모두 잠자리에 들자고 제안한다. 수관 위로 모두의 외침이 울려 퍼진다. 모두들 흥분한 나머지 잠자리를 방해할 곤충과 거미를 잊은 듯하다. 아이들은 마룻바닥과 양가죽을 자신들의 침대만큼이나 편하게 느낀다. 하루가 저물기 전에 휘파람새가 강한 음색으로 자신을 드러낸다. 황혼의 바스락거리는 소리는 잠이 들기 전 부모가 들려주는 이야기를 대체하고, 나는 하모니카 연주로 뒤를 잇는다. 밤이 오자 아이들은 거꾸로 누운 채 금세 잠에 빠져들었다.

　　나무 위에서 자는 게 좋았던 걸까. 아이들이 돌아가며 친구들을 초대한다. 나무의 즐거움을 누리기 위해 24시간 나와 함께할 태세다. '자유의 학교'로서 숲은 교육학을 필요로 하지 않는다. 어쩌면 나무는 최초의 인류에게 팔을 사용해 가지에서 가지를 이동하는 방식으로 똑바로 서는 법을 가르쳤을지도 모른다.

19

내가 처음 송로버섯[53]을 발견한 것은 지금 큰딸의 나이와 같은 열 살 때였다. 그해 겨울은 온화했다. 나는 말똥가리 울음소리를 흉내 내면서 인디언 놀이를 했다. 커다란 노간주나무[54]가 앙상한 참나무 뿌리에 자신의 뿌리를 뒤얽고 있었다. 낮게 깔린 그을린 이끼가 지하의 버섯에 좋은 장소라는 점을 예고했다. 나는 혹시나 해서 거기에 코를 갖다 댔다. 운이 좋았다. 흙보다 더 강한 냄새가 났다. 사향 냄새다. 나는 몹시 흥분해서 콧구멍의 냄새를 따라 막대기로 땅을 팠다. 한 개, 두 개……를 발견했다. 나는 검정 금덩이로 승리를 거두고 집으로 돌아왔다. 아버지는 내가 그것을 하나씩 주머니에서 꺼내는 것을 지켜보았다. 잘 익은 동그란 송로버섯 일곱 개. 아버지의 또렷한 눈빛에서 그가 나를 얼마나 자랑스러워하는지 알 수 있었다.

땅과 나무에 대한 나의 사랑은 그때 생겨났을 것이다.

수년 후 내가 양치기가 되었을 때 보더콜리 베티가 수컷 래브라도에 꾀여 넘어갔다. 나는 예기치 못한 결합에서 얻은 강아지 중에서 검은 털에 발과 목은 흰색이 섞인 잡종 강아지 한 마리를 남겼다. 이 암컷 강아지는 양떼를 몰 정도로 뛰어났던 어미만큼이나 후각이 뛰어났다. 나는 한가한 시간에 양떼를 지키면서 구비아에게 송로버섯 찾는 법을 가르쳤다.

나무와 마찬가지로 개는 자연은 물론 인간의 본질에 대해 많은 진리를 가르쳐준다. 베티가 죽었을 때 나는 눈물을 흘렸다. 베티는 우리 사이에 강한 충직함이 존재하게 해주었다. 때때로 개는 인간처럼 사랑한다. 때로는 정반대다!

구비아가 베티의 뒤를 이었다. 녀석은 송로버섯 자생지의 챔피언으로서 겨울마다 광맥—참나무 뿌리—에서 약간의 금을 꺼내 우리의 미각을 끌어올려준다. 나는 제물낚시 물고기를 유인하기 위해 움직이는 인조 미끼를 수면 위나 물속에 교묘하게 놓는 낚시법. 편집자를 하듯이 송로버섯을 캐낸다.

투베르^{tuber}[송로버섯]와 참나무는 해조류와 버섯이 지의류를 낳듯이 돈독히 사랑을 나눈다. 검정색의 둥근 덩어리는 나무의 잔뿌리에 달라붙어 자란다. 그것은 나무에 무기질과 인, 그리고 참나무가 토양에서 구하기 어려운 다른 진미를 가져다준다. 대신 나무 숙주는 광합성에서 생긴 약간의 당을 전해준다. 빛을 전혀 보지 못하는 송로버섯은 참나무 잎을 이용한다. 송로버섯은 자라면서 숙성된다.

번식할 시기가 오면 송로버섯은 다른 데 도움을 요청한다. 그물버섯이나 살구버섯과 달리 송로버섯은 숲의 토양을 뚫고 나올 만한 것이 없다. 그것은 식물처럼 행동한다. 모든 번식에는 유혹의 향이 있다. 지렁이는 송로버섯 포자를 먹은 다음 근처에 흩뿌리는데, 송로버섯은 더 멀리 이동하기 위해 멧돼지 같은 미식가 포유동물에게 호소한다. 버섯이 최음제 향으로 멧돼지 암컷을 유인하면, 멧돼지는 버섯을 삼키고 소화한 후에 밤에 돌아다니면서 포자를 퍼트린다.

송로버섯, 참나무, 멧돼지, 지렁이는 제각기 서로를 최대한으로 이용한다. 그리고 송로버섯은 자신의 향으로 애인들을 취하게 한다. "나를 먹어 줘, 빨리"라고 처음 도착하는 상대에게 말한다. 서리가 내린 아침마다 나는 내 개와 함께 송로버섯을 채취하는 첫 번째 즐거움을 누린다. 두 번째 즐거움은 땅의 관능적인 향기를 제공하는 송로버섯 조각을 반숙란에 올려 입안에서 즐기는 것이다.

변덕스러운 그의 개는 송로버섯을 찾으려 하지 않았다. 가비는 내게 도움을 요청했다. 나 같은 젊은 양치기가 83세 양치기의 부탁을 어떻게 거부할 수 있을까? 그는 전 생애를 케르시의 석회질 고원에서 양떼를 기르면서 보냈다. 우리는 로카마두르 도시를 마주하고 있는 언덕 위에서 투박하면서 아름다운 자갈땅을 가로질러갔다. 가비는 가죽 신발을 신은 채 다리를 끌며 걸었는데 때로는 지팡이 대신 참나무를 붙들었다. 오래된 큰 바지에 엷게 바랜 파카를 입고 있는 그는 땅에 대해서는 모든 것을 알고 있다. 오직 땅 하나만을 좋아하기 때문이다. 그는 자신의 것을 지켜야 한다는 사실을 알기 위해 세계를 일주할 필요가 없었다.

그가 젊었을 때 양떼는 노력한 만큼 이득을 가져다주었다. 추가로 참나무는 검은 금을 공짜로 키웠다. 그가 몸을 굽혀 적절한 장소에서 땅을 긁어서 송로버섯을 감자처럼 주워 모으면 몇 바구니가 나왔다. 그리고 예고 없이 현대성의 무절제함이 갑자기 들이닥쳤다. 나무들은 불평했고 더 이상 투베르를 내주지 않았다. 가비는 자신의 해석을 내놓았다.

— 순전히 이 빌어먹을 고속도로 때문이라니까.

A20[55] 말이야. 숲을 가로질러 아스팔트를 까는

바람에 열기가 올라 장애물이 되고 말았어.

그래서 소나기를 막아버린 거야. 이제 이곳은

8월에 물이 없는 곳이 되었어. 단순해. 여름에

비가 내리지 않으면 겨울에 송로버섯도 없어.

송로버섯이 죽어버리거든. 아, 불행한 일이야.

정말 불행한 일이야!

이 지방의 수원이 석회암 단층에 매립되는 바람에 지역의 송로버섯 보고寶庫는 고갈되고 말았다. 파리-툴루즈의 속도가 송로버섯을 물리친 셈이다. 양 사육에 들어가는 비용을 감안하면 세계화는 옳았다. 농부에게 대량의 단백질 생산을 부추기던 시기에 가비는 일을 그만두었다. 현명하게도 그는 아내와 함께 농장에 '가비의 집'이라는 캠핑장을 열었다. 그들은 양 대신 관광객을 키웠다. 여름의 양떼도 제법 괜찮은 수익을 올려주었다. 가비와 가족은 눈물을 흘리는 대신 달라진 현실에 적응했다. 모두 이득을 보았다.

1970년까지만 해도 늙은 양치기는 여전히 희망을 가질 수 있었다. 적어도 한철 송로버섯을 수확하면 새 소형 화물차를 살 수 있었다. 그 후로는 거의 아무것도 없다. 과거의 풍요를 생각하면 너무 보잘것없다.

작은 언덕을 내려가면서 그는 속내를 털어놓았다. 우리는 그의 빈약한 기대가 이끈 곳에 도착했다. 두 개의 절벽 사이에 숨겨진 협곡은 솜털로 덮인 참나무들로 분장을 했다. 그곳은 빛과 습기에 감싸여 있었는데 돌과 열기로 이루어진 이 땅의 송로버섯과 마찬가지로 드문 것이다. 서늘한 곳에서 멜라노스포룸(흑색 트뤼프)은 조금 더 잘 자랐다. 우리는 송로버섯 몇 개를 채취했다. 구비아는 킁킁거리며 냄새를 맡은 다음 송로버섯의 위치를 발로 가리켰다. 녀석은 실수를 하지 않았다. 확신이 든 후에야 자리를 잡았다. 우리는 낡은 드라이버로 땅을 파서 루이 금화를 발굴하듯 숨겨진 버섯을 캐냈다. 나는 개에게 치즈와 비계를 상으로 주었다. 가비가 구비아를 쓰다듬었다. 그는 젊은 시절의 향기를 되찾은 것에 매우 기뻐했다.

— 네가 놀라운 일을 해냈구나. 정말 대단해.

우리는 구비아에게 무리가 가지 않도록 잠시 쉬었다. 송로 탐색 훈련을 받은 개들은 버섯을 찾으려 지나치게 애쓰다가 때로는 지나치게 몰입한 나머지 미쳐버리기도 한다. 나는 참나무로 둘러싸인 타원형 협곡에 숨겨진 작은 초록색 섬에 감탄했다.

— 이곳은 정말 아름답네요.

— 맞아, 아름답지. 너무 아름다워. 하지만 보다시피 아름다움은 비싼 대가를 치르는 법이지!

오후 11시

캄캄한 밤이 하현달을 삼켜버렸다. 우리가 몸을 바싹 붙이고 누워 있는 이층침대 아래에서 아이들의 말소리가 웅웅댄다. 땅굴 주위에서 웅성거리는 새끼 여우의 날카로운 소리가 어둠을 가로지른다. 마틸드가 듣고 있다. 내게는 친숙해진 어두운 고요함 속에서 아내는 여우들이 낑낑대는 아득한 소리와 교감한다. 오늘 저녁 우리는 1미터의 매트리스를 공유한다. 나무에 오른 후 우리는 더욱 가까워졌다. 나는 기운을 회복할 수 있도록 시간을 허락해준 아내에게 고마움을 전했다. 수년간 농사일을 한 내게 아내는 짧게라도 휴가를 갖는 건 어떠냐고 권해주었다.

— 기분 전환이 필요한 것 같아. 바람 좀 쐬고 와.

나는 도시를 떠나서 높은 곳에 올라왔다.

마틸드는 나의 나무다. 아내는 내 우울함을 낭만적으로 여긴다. 우리가 사랑을 나누도록 수풀 속에는 천개天蓋, 관棺의 뚜껑이나 부처의 머리를 덮어서 햇볕, 비, 이슬, 먼지를 막는 큰 양산. 숲속에 자리한 작가의 오두막을 비유한다. 편집자가 있다. 나는 다른 사람을 위하는 이타성을 소중히 여긴다. 아내는 나에게 자신감을 북돋아주는 나무다.

20

6월 5일

참나무 가장 높은 곳에서 그는 "크뤽, 크뤽" 기이한 소리로 신호를 보낸다. 숲에서 그런 앵무새 울음소리는 들어본 적이 없었다. 녀석이 숨바꼭질을 한다. 나뭇잎이 그를 숨겨준다. 나는 살살이 뒤지다가 이 새가 작은 나무발바리 종류가 아님을 인식한다. 잎이 흔들린다. 그는 이 나뭇가지에서 저 나뭇가지로, 당황스러울 정도로 빠른 속도로 건너뛴다. 이 윽고 검은 날개와 뚜렷이 구별되는 샛노란 제복을 입은 모습을 보여준다. 녹음 속에서 그는 찬란한 자태로 불쑥 나타난다.

그는 아주 가까이에 있다. 내 눈은 그의 춤을 쫓는다. 그는 눈부신 의상에 잘 어울리는 네 개의 낭랑한 음, "피-델-리-오"라고 피리 소리를 낸다. 좀 더 일찍 생각해내지

못한 내가 바보다. 꾀꼬리다. 이름이 그의 색과 노래를 나타
낸다[56]. 휘파람을 부는 새가 정체를 드러내기까지에는 시
간이 걸렸을 것이다. 꾀꼬리는 숨는 데 능숙하고 멧돼지처
럼 야생적이다. 어느새 나에게 가장 친숙해진 이 숲속에 녀
석도 둥지를 튼다는 사실을 어떻게 모를 수 있었을까? 꾀꼬
리는 이국적인 아프리카에서 날아오는 철새다. 봄이 오면 오
디새와 뻐꾸기처럼 내 참나무 근방에 번식하러 온다.

나무는 운이 좋게도 움직이지 않으면서 이동한다. 세계의
경이가 그들을 찾아온다. 철새는 수천 킬로미터를 비행한
다. 나는 참나무 등을 타고 일주를 끝마친다. 덕분에 나는
움직이지 않아도 여행을 즐길 수 있다. 참나무의 따스한 시
선으로 세계를 바라보게 되었다. 고마운 일이다.

　　나무는 움직이지 않은 채 신처럼 명령한다. 새들에게,
설치류에게, 나무는 번식하라고 말하고, 그들은 그렇게 한
다. 박새에게 잎을 간지럽히는 애벌레를 와서 먹으라고 하
면 달려온다. 꿀벌, 곤충, 무역풍에게 자신의 꽃을 수정시키
라고 한다. 구름에게 비를 내리라고 한다. 애벌레에게 자신
의 잎을 부식토로 만들라고 한다. 버섯에게는 물을 대거나
메시지를 전하게 한다. 태양에게는 당을 달라고 한다……

움직이지 않은 채로 나무는 받고 주고 간다. 내 참나무는 나를 지탱한다. 땅 위의 나무는 세계를 지탱한다. 어쩌면 나무가 세계를 들어 올리는 것은 아닐까? 나무는 아르키메데스 고대 그리스의 수학자, 물리학자. 물체를 유체에 넣었을 때 물체가 받는 부력의 크기는 물체의 부피와 같은 양의 유체에 작용하는 중력의 크기와 같다는 '아르키메데스의 원리'를 발견했다. 지렛대의 반비례법칙을 발견해 기술적으로 응용했다. 편집자가 찾았던 받침점이다.

봄이 엮어가는 나날이 끝나고 있다. 나의 체류도 끝을 향하고 있다. 고통은 사라지지 않았지만 대신 평화가 조금 자리 잡았다. 숲의 덕택이다. 진정한 평온에 이르지는 못했지만 내 안에 가득했던 고통이 사라졌다. 값진 일이다.

　　숲을 횡단하는 일은 많은 시간이 소요되는 위험한 여행이다. 하지만 우리를 어둠 끝 희망의 언저리에 도달하게 만드는 유일한 여행이다. 나와 세계에 절망한 존재만이 완전한 암흑 속에서 약간의 작은 불씨를 볼 수 있다.

나무들은 운 좋게도 움직이지 않으면서 이동한다.

세계의 경이가 그들에게 온다.

철새들은 수천 킬로미터를 비행한다.

나무는 움직이지 않은 채 신처럼 명령한다.

새들에게, 설치류에게, 나무는 번식하라고 말하고,

그들은 그렇게 한다.

움직이지 않은 채로 나무는 받고 주고 간다.

내 참나무는 나를 지탱한다.

땅 위의 나무는 세계를 지탱한다.

어쩌면 나무가 세계를 들어 올리는 것은 아닐까?

오두막 밑에서 보호종을 발견한 것 같다. 종려나무 형태로 기이하게 나뉘어 있는 커다란 잎이 궁금증을 불러일으켰다. 이 숲에서 나의 운은 아직 고갈되지 않았나 보다. 숲에서는 모든 일이 성공적이다. 이래서 암노루가 나에게 새끼를 소개하러 와준 걸까? 나는 쭈그리고 앉은 채 숨을 죽였다. 노루는 동작은 잘 감지하지만 시력은 좋지 않다. 어미가 잔뜩 경계하며 앞에서 걷는다. 새끼는 나무의 잔가지에서 재빠르게 움직이며 털의 흰 점만큼이나 순진무구하게 어미를 뒤따른다. 나는 스스로에게 묻는다.

   — 노루가 몹시 좋아하는 감미로운 순을 만끽한다면
     나는 이 꽃들의 피어남을 보지 못할 거야.
     새끼 노루를 내쫓아야 할까?

   개미들이 둔해진 내 왼쪽 다리를 잡아당긴다. 나는 조금 움직인다. 암노루는 여러 번 발을 굴렀다. 새끼가 알아차렸다. 녀석은 눈에 띄지 않도록 높은 풀에 엎드렸다. 유년기 노루는 어떤 냄새도 풍기지 않고 반점이 있는 가죽을 위장으로 사용하며 포식 동물에게서 벗어난다. 갑자기 내 뒤에서 바스락거리는 소리가 났다. 경계하며 고개를 돌려보니 한 살배기 수노루가 있다. 신중히 숨어 있었다고 생각했건만 그는 진즉부터 나를 주시하고 있었다. 그가 컹컹댄다. 무리에게 신호를 보내는 것이다. 자기소개가 끝났으니 떠나야 할 시간이다.

어느 날 아침, 울타리로 둘러싸인 커다란 겨울 목초지에서 잡아먹힌 새끼 노루를 발견한 일이 생각난다. '나무 몇 그루가 더 생기겠군'이라고 생각했던 것 같다. 사슴과 노루는 어린 싹과 숲의 재생에 타격을 가한다. 사슴과가 너무 많으면 숲은 죽는다. 사슴의 천적인 늑대는 숲과 샘의 보호자다.

　며칠 후, 나는 유난히 아름다웠던 암양 한 마리가 죽어 있는 걸 발견했다. 목이 피로 뒤덮인 걸로 보아 교활하게도 목의 숨통을 끊은 듯했다. 사건의 전후를 조사할 정신이 없었다. 그날의 일은 사육자인 나에게 새로운 불운에 대처해야 한다는 교훈과 슬픔을 추가해주었다. 나는 양의 귀 번호표를 수거했다.

— 양은 내일 숲에서 꺼내야겠군. 도축업자를
　　불러야지. 서류 두 개를 작성하려면 시간이
　　들겠는데. 양을 적법한 절차로 처리하려면
　　돈도 들 테고.

　　다음 날, 양은 100미터 거리에서 옮겨졌다. 양털, 머
리, 몇 개의 뼈만 남았다. 일주일 후에는 같은 운명이 두 번
째 양을 덮쳤다. 범인은 누구일까? 떠돌이 개? 3년 전부터
늑대가 페리고르와 케르시 숲에 돌아오기는 했다. 그리고
보니 이곳은 1766년 봄, 미친 늑대가 십여 명의 사람들을
뜯어먹은 '사를라의 짐승'이라는 전설을 간직한 곳이다.

6월 7일

나무가 있는 다락방을 청소하고 테라스에 자리 잡았다. 잠
자리 한 마리가, 파란색보다는 초록색에 가까운 커다란 잠
자리가 나를 찾아왔다. 이 서던 호커Aeshna cyanea는 샘에서
멀리 떨어진 곳에서 무엇을 하고 있는 걸까? 잠자리는 나
뭇잎에 닿을 듯 말 듯 가까이에서 곤충을 사냥한다. 녀석이

몇 초 동안 나를 측면에서 뚫어져라 바라보았다. 나를 우회해서 정지 비행을 하더니 정면에서 오랫동안 관찰했다. 나도 잠자리의 얼굴을 뚫어지게 쳐다보았다. 시간은 순간을 사는 사람에게 선물을 가져다준다. 나는 네 개의 투명한 날개가 부서지기 쉬운 비밀을 품고 있음을 엿본다.

진정한 희망은 자주 오지 않는다. 녹음과 나무는 나에게 몇 차례 아름다운 만남을 제공해주었다. 나는 그 희망을 슬며시 잡았다. 구명튜브가 아니라 인생의 폭풍우를 지나가기 위해 소중한 친구의 팔을 잡듯이. 숲은 내 어깨에 손을 올려주었다. 희망은 미세한 세계의 요정 같다. 희망이라는 요정은 공중을 나는 일을 결코 멈추지 않으리라. 그 옆에서 존재와 세계는 나아가거나 무너질 것이다.

오늘 내 숲의 요정은 커다란 초록색 잠자리다. 이 작은 희망은 다른 숲을 향해 날아갔다.

21

깜짝이야. 이번 휘파람 소리는 꾀꼬리 소리가 아니었다. 우
리의 코드, 우정의 휘파람 소리. 설마…… 그들이라고?

피에르, 브누아, 플로리앙. 가장 친한 친구 세 명이 식
량을 잔뜩 짊어지고 오두막에 갑자기 들이닥쳤다. 아내가
뜻밖의 기쁨에 도움을 주었다. 세 명의 기병은 내가 농촌에
정착하기 위해 노력했던 모든 단계를 지켜보고 도와주었다.
그들만큼은 내 노력을 알고 있다.

아주 오랫동안 보지 못했지만 헤어진 적은 없는 것
같은 기묘한 느낌과 더불어 공중의 향연이 시작되었다. 사
실 겨우 세 달이 지났을 뿐이다. 나는 식사를 즐기며 잠시
시간의 간격을 두었다. 소화를 위해 자두와 아르마냐크[57]
를 꺼냈다. 둘의 조합이 효과를 내리라. 우리는 바닥을 발

198

로 두드리면서 노래를 불렀다. 술을 권하는 노래가 하모니카 연주와 함께 흥을 불러일으켰다. 어느새 오두막은 주점이 되었다. 나무도 춤춘다. 나와 함께해준 친구들. 내 슬픔을 달래주기 위해 찾아와준 그들의 섬세함에 내 안의 모든 것이 전율하는 듯했다.

우리의 재회의 무게는 참나무를 쓰러뜨릴 정도는 아니었다. 나무의 높이에서, 두 곡의 노래를 부르는 사이에 이야기가 자유롭게 오갔다. 우리는 논쟁하며 잔과 말을 부딪쳤다. 무엇이 옳은가를 분별하는 즐거움도 좋지만 그보다 유쾌한 것은 의견 차이 그 자체다. 내가 흥분할 때마다 친구들은 놀린다. 그들은 내가 두 가지 생각을 꺼린다는 것을 알고 있다. 진리가 있다고 믿는 틀에 박힌 생각과 진리 따위는 존재하지 않는다고 믿는 패배주의적인 생각. 두 가지 생각은 게으르다. 우리는 방만한 정신을 추구할 필요가 없다.

숲에 둘러싸여 있는 동안 정신은 정당한 불안 속에서 행동한다. 삶을 두려워하지 않는, 삶에 대한 평온한 불안. 나뭇가지에 앉은 우리는 우리가 얼마나 하찮은 존재인지 잘 알고 있다. 비록 아주 영적이지는 않지만 우리는 몇 잔의 독주를 마시며 신비에 대해 이야기를 나누었다.

친구들은 제각기 숲에서 단순한 삶을 누려왔다. 우리

는 진리가 숲속에 존재한다고 느낀다. 숲은 자신을 위해 진리를 갖고 있지 않다. 우리가 별과 나뭇잎으로 이루어진 이 중막 아래 누워 있을 때, 모닥불과 샘에서 즐거움을 누릴 때, 사슴의 시선이나 새순이 지닌 힘과 마주칠 때 숲은 우리에게 진리를 풀어놓는다.

그리고 오늘 저녁, 우리가 좋아하는 진리는 우정의 향연이 열리는 나무에서 포도주와 햄과 마찬가지로 공유뇌고 있었다.

숲에 둘러싸여 있는 동안

정신은 정당한 불안 속에서 행동한다.

삶에 대해 두려워하지 않는,

삶에 대한 평온한 불안.

진리는 숲속에 존재한다.

숲은 자신을 위해 진리를 갖고 있지 않다.

흑갈색 담뱃잎을 가득 채운 파이프 두 개가 돈다. 내 관측
소는 흡연실이 된다. 근처에서 발견한 두견초 잎을 말려두
었지만 아직 피울 준비는 되지 않았다. 취기가 약해지고 노
래와 토론의 활력이 떨어질 무렵 숲의 정기가 우리를 에워
싼다. 이제 내 오두막은 합숙소가 된다. 미풍이 우리의 잠을
돌보며 코골이에서 나오는 알코올이 섞인 수증기를 잊지 않
고 멀리서 흩뜨린다.

　잠결에 나는 오늘 저녁 같은 숲의 작은 동지애를 꿈꾸
었다. 나무가 함께 참여하는 숲의 비공식적인 재회는 시로
시작할 것이다. 빅토르 위고의 시가 처음을 장식할 것이다.

　— 인간이든 신이든 과거를 뿌리로 삼는 모든 생각은
　　잎을 미래로 갖는다.

　내 몽상은 다음 날 아침 숲을 떠나는 친구들과 더불
어 사라졌다. 그들이 떠나는 모습을 바라본다. 이 소수의
사람들과 닮은 사람들이 존재한다면 나는 기꺼이 그들 사
이로 다시 내려갈 준비가 되어 있다. 인간성은 언제나 소수

의 우정을 통해 우리에게 도달한다. 소수의 사람을 진정으로 사랑하는 일은 모두를 사랑하는 것과 같다.

6월 15일

고목 위의 버섯은 개화하기 위해 하늘의 물과 온기를 이용한다. 부싯깃버섯이다. 이 숲의 지주는 나무 덩어리에서 영양을 취한다. 이 다공균polypore은 이틀 만에 거품처럼 돋아나 고목을 먹고 남은 것은 생강나무를 위한 비옥한 부식토로 삼는다.

나흘 전에 내린 비는 나에게도 점심식사 거리를 제공해주었다. 밤나무의 군림이 시작되는 내 왕국의 가장자리에서 살구버섯 50여 개를 채취했다. 가스레인지 불 위에서 작은 오렌지색 조각을 나무 숟가락으로 휘젓는다. 꽃소금을 넣는다. 버섯은 부드럽게 구워지면서 불꽃 앞에서 빨갛게 달아오른다. 일회적이면서도 착실한 것. 뜻하지 않게 굴러들어온 살구버섯이 내 프라이팬 안에 있다. 버섯, 숲의 신이 주는 신비의 양식, 공기 요정의 입맞춤.

물론 숲에서 맛있는 음식을 즐긴다고 해서 내 갈등이

해결되지는 않는다. 나무의 높이에 있으면서 나는 삶이 두 가지 정당한 두려움에 인접해 있음을 느낀다. 과도한 안락함으로 달래야 하는 결핍에 대한 두려움, 그리고 과도한 순응으로 달래야 하는 집단에서 배제되는 것에 대한 두려움. 파충류를 연상시키는 이 두려움은 용의 날개와 같다. 주인이 되기 위해서는 두려움에 맞서 재갈과 굴레를 채우는 법을 알아야 한다. 이론상으로는 그렇다. 괴테가 즉시 나에게 반박한다.

— 친구, 이론은 무미건조하지만 생명의 나무는
   푸르고 성하다네.

나는 두려움을 전혀 극복하지 못했다. 하지만 극기ㅎ 르했다고는 말할 수 있을 것 같다. 단연코.

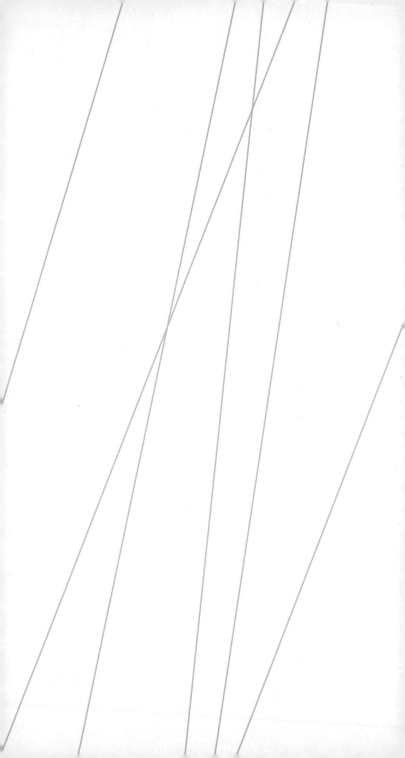

여름

22

6월 21일

나뭇잎은 햇살을 모으고 나무는 그것으로 꿀을 만든다. 매미 소리가 꿀벌이 윙윙거리는 소리를 뒤덮는다. 태양은 오븐처럼 낮을 달구고 나는 햇볕에 그을린다. 그래도 밤이 오면 여전히 나뭇잎 아래는 서늘하다. 나는 지붕을 열어둔 채 잠을 잔다. 무성해진 나뭇가지들은 천체를 볼 수 있도록 나에게 창 하나를 남겨주는 아량을 잊지 않았다. 나무에서 보낸 몇 달은 천체와 나 사이의 거리를 좁혀주었다. 하늘에 친숙한 별이 몇 개 있다. 양치기의 별이다.

우리의 몸은 별 부스러기로 이루어져 있다고 한다. 내가 생태계와 더불어 나무의 메아리에 공명한다고 느끼는 한 내 존재는 나무에 속한다.

도마뱀은 마루 아래에 산다. 내가 물건을 옮기거나 양철 냄비를 테라스에 놓으면 녀석들은 한 바퀴를 돌고 나서 위에 기어올라 물끄러미 지켜본다. 야생적인 동물들은 기질적으로 호기심이 많은가 보다. 이제 나는 그들을 방해하는 존재가 아니라 궁금한 생명체가 된 것 같다.

새끼에게 먹이를 나르느라 분주한 연작류의 왕복은 그들의 지저귐에 가려져 눈에 띄지 않는다. 같은 계절에 태어난 박새와 동고비는 호기심을 충족시키는 재주를 갖고 있다. 그들은 부모보다는 낯을 덜 가린 채 내게 인사를 건넨다. 어린 박새는 가지에서 놀면서 또래끼리 무리 지어 난다. 내가 책상에 등을 돌리고 앉아 있으면 무모하게 오두막을 가로질러 빵 부스러기를 달라고 재촉하는 녀석들도 있다. "너와 나, 우리는 피를 나눈 형제야"라고 키플링 식으로 말하며 우리의 숲속 관계를 상기시키는 것 같다. 우리는 같은 봄에, 같은 높이에서, 가까운 나뭇가지에서 태어났다. 그들이 옳다. 이제 나는 숲속에 있지 않다. 내가 숲이다. 숲은 내 안에 있다.

우리는 나무의 정정함을 부러워해야 한다. 나무는 늙어가면서도 젊음을 유지하는 법을 안다. 그들은 영원한 삶의 원

리를 지니고 있다. 노화는 전혀 일어나지 않으며 샤토브리
앙[58]이 늘 부러워했던 청춘을 간직하고 있다.

> — 참나무는 인간에게서는 결코 찾을 수 없는 것,
>   늙음과 젊음의 이중적인 아름다움을 겸비하고
>   있다.

해마다 겨울이 오면 사람들은 나무가 죽었다고 착각
한다. 그러나 봄이면 그들은 다시 태어난다. 보이지 않는 힘
으로 삶을 다시 시작한다. 경이로운 초록. 매년 나무줄기는
나무에게 영양분을 공급하고, 생강나무와 버드나무는 중
심을 향해 끝내 죽는다. 나무는 무성해지고 나이테 덕택에
빛을 향해 자란다. 해마다 생겨나는 단단한 죽은 나무 위에
서 나무는 자란다. 나무는 불멸한다.

참나무는 자신의 찌꺼기 위에서, 그 과잉으로 자란다.
참나무는 중심에는 죽음이, 잔뿌리에서 잔가지에 이르기까
지 맨 끄트머리에는 삶이 있다. 그것은 포기로부터 나아간
다. 나무가 죽음을 내쫓는 대신 부둥켜안는 순간 죽음은 지
쳐버리고 만다. 나무는 나이테를 그리며 위로 기어오른다.
자신의 연이은 죽음에서 품위 있는 시선과 삶을 끌어낸다.

하지의 날들에 참나무에서 20미터 거리에 있는 마르타곤 나리 세 개가 개화했다. 같은 꽃대에 여러 송이의 꽃을 맺은 채 색이 터져 나온다. 나는 낮잠을 줄이고 내가 확인한 것을 찾으러 내려간다.

땅 위 식물의 기다란 줄기에 걸려 있는 꽃들은 우아함을 담당한다. 외피는 땅을 향해 떨어진다. 숭고함은 흔히 단순함으로 나타난다. 장미색과 보라색 분을 바른 꽃잎은 자줏빛 점으로 얼룩져 있다. 꽃잎의 끝부분은 휘어져 오렌지색 수술로 둘러싸인 긴 심피心皮59가 드러나게 한다.

꽃은 노루의 식탐에서 벗어났다. 뿌리는 멧돼지의 주둥이로부터 피해를 면했다. 예전에 전사들에게 힘의 상징이었던 이 황금색 구근을 멧돼지는 아주 좋아한다. 도토리를 다산과 힘의 상징으로 지니고 다니듯 그들은 구근을 갖고 전쟁을 주관하는 마르스 신을 부른다. 구근은 포식 동물을 피하기 위해 밖으로 나오기로 결정하기 전까지 수년 동안 20센티미터 이상 되는 땅 속에 처박혀 있다. 이 나리는 오래되고 탁월한 숲의 환경을 돋보이게 한다.

더위가 약해진 오늘 저녁, 나리의 향기가 더 강해지

는 어두운 시각에는 작은 박각시나방들이 꽃을 찾아온다. 나는 이미 자고 있을 것이다. 비밀의 정원에 아무나 들여보내지 않는 이 나리에는 몇몇 나비들만이 접근할 수 있다. 꽃잎은 말아올려져 있고 꽃은 구부러져 있어서, 서투른 뒤영벌이나 침이 있는 다른 곤충은 붙어 있을 수 없다.

마르타곤 나리의 공중 외관만큼이나 우아한 정지 비행을 하면서 박각시나방은 긴 흡관으로 꿀을 모으려 한다. 나방이 파닥거리는 날개에 나리는 자신의 화분을 조금 묻힐 것이다. 이렇게 분을 바른 박각시나방은 접촉을 통해 다른 꽃에 수분이라는 희소식을 전할 것이다.

나는 나리를 아름다움이 세계에 남긴 자취로 받아들인다. 그 흔적에 다가가면 나리는 우리 안에 자리 잡고 있는 화려함을 자극한다. 우아함의 파편을 조금 맛보면서 우리는 전체를 누린다.

하지만 아름다움과 숲이 안겨주는 유일한 안도감이 모든 것을 아우르는 것은 아니다. 나는 나무를 열렬히 사랑하지만 결코 우상으로 숭배하지는 않는다. 내 참나무는 토템이 아니다. 대상과 존재의 화려함에 지나치게 애착을 가지면 그것이 보이지 않는 세계의 보이는 반향일 뿐이라는 사실을 잊어버릴 수 있다.

눈에 띄지 않은 채 보호되고 있는 마르타곤 나리^{Lilium}
^{martagon,} 우리나라의 '솔나리'와 비슷한 종으로, 중부 유럽에서 아시아를 거쳐 몽
고와 한반도까지 분포하는 식물이다. 편집자는 우리 고장에서는 그다지
색다른 존재가 아니다. 하지만 자갈투성이 숲의 생태계에서
커다랗고 강렬한 색으로 피어나는 꽃의 위풍당당함은 왠지
어울리지 않는다. 네잎클로버나 석회암 산 정상에서 에델바
이스를 발견한 느낌이라고 할까. 자연의 선택. 나무 한 그루
만으로도 모험과 행복이 충분하다면 그런 식물을 찾아다
니는 게 무슨 소용이 있으랴. 이곳을 떠나기 며칠 전, 숲의
왕은 자신의 아래 부분을 뒤덮은 나리꽃으로 커다란 외투
를 걸치며 작별 인사를 건넸다.

나는 나의 나무로부터 깊은 위로를 받았다. 하지만 행복
은 무엇으로도 완전히 위안 받지 못한다는 진리를 받아들
일 때 생겨난다. 나무는 고통을 완화해주지만 결코 뛰어넘
을 수는 없다. 나는 이 진리에서 강력한 평화의 비밀을 엿
본다. 위안을 갈구하기에서 벗어나는 법을 배운다. 언제쯤
나는 경이로운 순간을 통해 위안을 갈구하는 걸 그만둘 수

있을까?

나는 나무 너머로, 위안으로부터 벗어나 모험을 떠나고 싶다. 언젠가 시도해보고 싶은 여행. 숲 너머, 아름다움보다 더 나아가는 여행. 그 여행을 생각하며 참나무의 힘을 통해 첫 걸음을 내딛는다.

6월 24일

성 요한의 날 Saint John the Baptist Day, 매년 6월 23일, 성 요한의 날 전야를 기념하는 축제가 열린다. 여름을 환영하는 떠들썩한 축제로, 전야부터 거리와 광장에 모여 큰 모닥불을 피우고, 며칠 동안 폭죽을 터뜨리며 축제를 즐긴다. 편집자 전야제 축제가 열리던 날, 나는 3개월이 넘는 시간을 커다란 가지에서 보내고 나무에서 내려왔다. 세상으로부터 벗어나는 법을 배웠지만, 세계와 인간과 다시 관계를 맺는다고 생각하니 여전히 두려웠다.

자신의 내밀함으로 우리를 받아들여준 나무와 작별하는 순간, 나는 특별한 손님으로 대접해준 나무에 고마움을 전했다. 숲은 생명체를 축하하며 봄날 자연의 축제를 열어주었다. 나는 초대받은 손님으로 숲에 정착했다.

내 참나무와의 뜨거운 포옹은 없었다. 나는 나무껍질에 손을 댔다. 숲에 머무르는 동안 나를 껴안아준 나무를 동지애를 담아 끌어안았다. 우리는 목적과 뜻이 같았다. 나무기둥에 이마를 대고 무성한 나뭇잎으로 나의 탐구를 지켜주었음에 감사했다. 손바닥에서 맥박이 세게 박동했다. 수액이 흐르는 게 느껴졌다. 피부 아래에서, 나무껍질 아래에서. 단 하나의 심장이 내 가슴과 나무에서 뛰고 있었다. 혈액과 수액이 섞여 흘렀다.

나는 나의 나무로부터 깊은 위로를 받았다.

행복은 무엇으로도 완전히 위안 받지 못한다는

진리를 받아들이는 과정에서 나온다.

나무는 고통을 완화해주지만 그것을 뛰어넘을 수는 없다.

나는 이 진리에서 강력한 평화의 비밀을 엿본다.

나는 나무 너머로 모험을 떠난다.

숲 너머, 아름다움보다 더 나아가는 여행.

그 여행을 생각하면서

참나무의 힘을 통해 첫 걸음을 내딛는다.

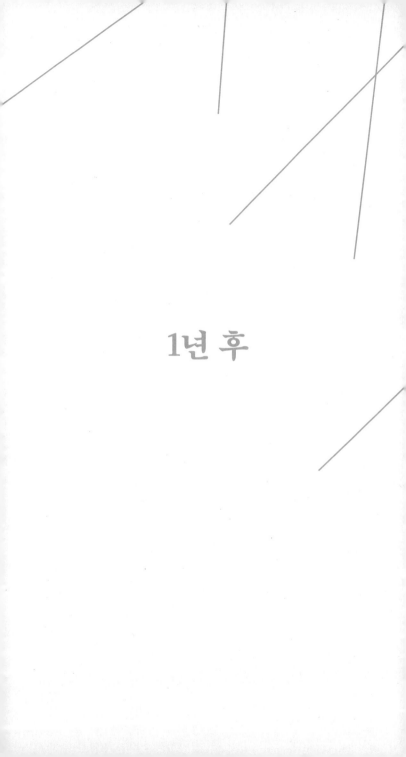

1년 후

오두막에 돌아와 며칠을 머물렀다. 책의 마지막 구절만큼은 내 나무 위에서 쓰고 싶었다. 다행히 은신처는 이상이 없었다. 바닥에 떨어진 사슴 머리를 제자리에 다시 놓는다. 바닥의 판자 하나는 팽창돼 터져버렸다. 그 외에는 모두 제자리에 있는 것 같다. 금색 나무는 회색빛이 돌았다. 선반에는 작은 똥이 몇 개 있었는데 이불을 털면서 책임자를 찾아냈다. 들쥐 두 마리가 이곳을 거처로 삼고 집을 이용하고 있다. 그들은 자기 집에 있다.

　삶이 일시적으로 중단되었던 지난 봄 이후 1년이 흘렀다. 세계적인 격리가 일어났다. 묵시록의 제4 기사인 바이러스 코로나19가 인간의 고통에 추가되었다. 땅의 심장이 망가지면 나무와 사람이 같이 기침을 한다. 숲은 버티고 있다.

얼마나 버틸까? 세계의 훼손에 완강히 반대하는 사람들이 점점 늘어나며 초목에 의탁하고 있다. 반사 행동이 불가피하다. 나무로 (가자)!

나는 저항하기 위해 참나무 20여 그루를 심었다. 송로 자생지가 될 것이다. 숲의 오래된 부식토에 언젠가 잔가지를 뻗을 몇 개의 새싹을 심었다. 내 나무와 이 땅을 조촐하게 지탱할 정도의 양이었다. 사랑하는 사람에게는 꺾은 꽃을 주는 게 아니라 땅에 심을 나무 다발을 주어야 한다.

지난 시간, 나에게 무슨 일이 생긴 걸까. 상황은 내가 바랐던 것보다 훨씬 멀리 나아갔다. 나는 봄 한철 만에 젊음을 되찾았다. 세상을 떠나 무언가를 얻었으니 결코 헛되지 않다. 아니다. 절망의 방문이란 얼마나 이상한 현상인지! 불과 몇 달 전만 해도 나는 세상에서 사라지고 싶어 하지 않았던가. 삶은 내가 다시 매달릴 수 있도록 나뭇가지를 제공해주었다. 나는 반사적으로 그것을 붙잡은 것 같다.

나는 조금 높은 시야를 갖기 위해 참나무에 은신했다. 느리게 살며 나무와 잎의 현명한 언어를 맛보았다. 아름다움과 나무의 샘을 마음껏 마셨다. 나무의 몫을 건네받았다. 이제 나무 한 그루에 손만 대도 우주를 느낄 수 있을 것 같다.

물론 세계는 나보다 훨씬 강하게 남아 있음을 잘 알고 있다. 그러나 지금 나는 마음만큼은 세계보다 훨씬 강하다. 세계는 자연을 파괴할 수 있지만 나의 자연은 파괴하지 못할 것이다. 흔들려도 견뎌내는 나무처럼 나는 태풍에 허우적대지 않을 기회를 누렸다. 나는 여전히 취약한 존재다. 삶에 패배하기 위해 자신을 일부러 방치했던 자를 누가 이길 수 있을까?

오늘 나는 건초더미에 물탱크를 고정시키는 데 사용했던 밧줄을 가져갔다. 같은 길이로 밧줄을 두 개 자르고 테라스를 지탱하는 나뭇가지에 묶었다. 앞으로 기울어진 굵은 긴 가지에서 땅까지는 6미터에 이른다. 앉는 자리를 만들기 위해 아카시아 통나무를 반으로 잘라 두 개의 구멍을 내고, 보우라인 매듭Bowline Knot, 대표적인 고리 매듭. 만든 고리 크기가 변하지 않는 특징이 있다. 편집자과 클로브 히치 매듭Clove Hitch Knot, 로프를 기둥에 안전하게 묶는 방법. 로프를 기둥 주변으로 한 번 크게 돌리고 나서 스탠딩 부분을 엮고, 같은 방향으로 크게 돌리면서 안쪽으로 줄을 집어넣는다. 편집자으로 몇 번 묶었다. 끝! 숲 한가운데 그네가 자리 잡았다.

아이들이 그네를 타러 왔다. 새로운 놀잇감을 발견하고는 누가 먼저 탈지 말다툼한다. 첫째가 나이 어린 순서대로 타기로 정했다. 아이들은 나한테 세게 밀어달라고 요구한다. 나는 큰소리로 투덜거린다. "아빠는 이 책을 끝내야 해." 그리고 마음속으로 말한다. "과거를 잊고 앞으로 나아가야 해." 아이들은 오두막에서 내려오라고 사정하고 나는 결국 그들을 따르고 만다. 그들은 항상 더 많은 것을 바란다. 서서, 앉아서, 둘이서. 줄에서 씽씽 소리가 난다. 그네는 전속력으로 움직이는 공중그네처럼 참나무와 너도밤나무를 스칠 듯 지나가며 아찔하게 올라간다. 나는 아이들과 도취를 즐긴다.

시련의 흔적이 아물어간다. 슬픔과 즐거움은 아주 단단하게 연결되어 서로를 끊임없이 쫓아내는 대신 서로를 껴안는다. 나는 둘이 내면의 숲에서 함께 그네를 타도록 내버려 둔다. 불행이건 행복이건, 무엇이 오더라도 이제는 중요하지 않다. 둘은 긴밀하게 연결되어 있다. 뿌리와 잔가지가 그렇듯이 나는 내 안에서 불행과 행복을 아주 멀리 부추기려 한다. 그 순간, 나는 자라날 것이다.

나는 참나무를 흉내 내며 나아졌다. 나무처럼 극단으로, 자신이 견딜 수 있는 가장 높은 수준까지. 나는 고통과 기쁨을 밀고 나가며 앞으로 나아갈 것이다.

1   파리 노트르담 대성당의 지붕 아래 목조 구조물을 '포레(숲)'라고 부른다.

2   케르시Quercy는 라틴어 quercus, 즉 '참나무'를 뜻한다. 케르시는 참나무의 고
    장으로서 로트주, 타른에가론주, 도르도뉴주, 코레즈주, 아베롱주를 포함하는
    이전 행정 구역이다.

3   프랑스의 24시간 뉴스 채널.

4   그리스 신화에 나오는 새로 영혼을 빼앗아간다고 한다.

5   Ruscus spp. 백합과 식물로 매우 건조하고 그늘진 토양에서 가장 널리 번식하
    고 성장한다.

6   Alphonse de Lamartine(1790~1869) 프랑스 낭만파 시인, 소설가, 정치가.
    1830년 7월 혁명과 1848년 2월 혁명을 이끌었고, 프랑스 제2공화국 설립의
    지도자 중 한 명이었다.

7   나무의 가지와 잎이 달려 있는 부분.

8   포도 껍질이나 씨, 줄기에 함유되어 있는 떫은 맛 성분으로 와인의 품질을 결
    정짓는 한 요소이다.

9   품질 좋은 포도밭과 그곳에서 나온 우수한 와인을 뜻한다.

10 예수의 그리스어 표기에서 첫 세 글자를 따서 만든 모노그램.

11 멸종한 코끼리 종류 포유류. 신생대 제3기에 번성했다.

12 Georges Bernanos(1888~1948). 프랑스의 소설가. 저서로 『사탄의 태양 아래』
    『어느 시골 신부의 일기』 등이 있다.

13 어떤 음과 2도 높은 음을 빠르게 교대로 나타내는 장식음. 트릴trill이라고도
    한다.

14 벨라루스의 강으로 러시아 서부의 드네프르 강으로 흘러들어간다.

15 중앙아시아 유목민들이 사용하는 이동식 전통 가옥으로 나무, 펠트로 이루
    어져 있다.

16 돼지고기나 오리고기 등에 향신료를 첨가해 익힌 음식으로 빵에 발라먹는다.

17 nef는 성당 중앙 홀 또는 범선을 지칭한다.

18 Pierre de Ronsard(1524~1585). 프랑스의 시인으로 자연과 사랑, 죽음에 대한
    시를 남겼다.

19 황소자리의 산개성단으로 일곱 개의 밝은 별을 볼 수 있다.

20 오페라나 협주곡에서 반복해 연주되는 부분.

21 燕雀類. 동물 조류에 속한 목目. 참새나 제비처럼 소형이나 중형이며, 물갈퀴가 없는 네 발가락을 가지고 있다. 조류의 목 중 가장 많은 종을 포함하며, 5,000여 종 이상이 전 세계에 분포하고 있다.

22 Bernard de Clairvaux(1090~1153). 12세기에 활동한 프랑스의 사상가, 성인.

23 涉禽類, shorebird 또는 wader. 조류 분류군의 하나. 도요류와 물떼새류처럼 습지 등의 물 주변을 돌아다니며 먹이를 구하는 새를 가리킨다.

24 볏과의 한해살이풀. 줄기는 높이가 30~60센티미터이고, 뭉쳐나며, 잎은 좁고 길다. 5~6월에 원추圓錐화서로 꽃이 핀다. 원추화서란 하나의 화서축에 총상화서가 분지한 형태로서, 전체 모양이 원뿔형이다. 라일락, 조팝나무, 남천, 수수 등 각 가지에서 여러 개의 꽃이 피는 구조를 말한다.

25 Pierre Terrail de Bayard(1475/6~1524). 프랑스의 장군.

26 Blue Tit. 참새목 박새과의 조류. 몸길이 10.5~12센티미터로, 머리 위쪽과 날개깃은 파란색이고 등은 초록색, 몸 아랫면은 노란색이며 가운데에 짙은 색 띠무늬가 있다. 뺨은 흰색이고 눈을 가로지르는 검은색 띠무늬가 있다.

27 '나무의 심장'이라는 뜻이다.

28 나뭇잎과 가지로 이루어진 숲의 윗부분으로 숲의 지붕에 해당한다.

29 북쪽으로는 러시아, 남쪽으로는 조지아와 접해 있으며 남오세티야와 세베로오세티야 공화국으로 이루어져 있다.

30 터키 남동부와 이란 북서부, 이라크 북동부, 시리아 북동부에 걸친 넓은 산악지대로 주로 유목민 쿠르드족이 거주하고 있다.

31 J. R. R. 톨킨의 소설 『반지의 제왕』에 나오는 나무를 지키는 요정.

32 제1차 세계대전 초기였던 1914년 12월 크리스마스를 맞이해 서부 전역에서 이루어진 임시 휴전.

33 Air Embolism, 기포가 동맥이나 정맥을 따라 순환하다 혈관을 막는 것.

34 Jean-Baptiste Colbert(1619~1683). 프랑스의 정치가.

35 알퐁스 도데의 소설 『세갱 아저씨의 염소 La chèvre de Monsieur Seguin』를 말한다.

36 갈리아 부족 중의 하나로 기원전 1세기경 갈리아 중부에서 거주했다.

37 mountain-ash. 쌍떡잎식물 이판화군 장미목 장미과의 낙엽소교목. 나무껍질

은 회갈색이며 가늘고 긴 돌기가 있다. 가지는 회색이며 털은 없다. 햇가지는 짙은 적자색이다. 겨울눈은 뾰족하며 털이 전혀 없고 끈끈한 점성이 있다.

38 성당에서 좌우의 측랑 사이에 있는 중앙부로 주로 예배 공간으로 사용된다.

39 로마 신화의 화로의 여신이며, 베스타의 무녀들은 베스타를 섬긴다.

40 Sheet moss, Hypnum. 가꾸기 쉽고, 낮고 빽빽한 일종의 매트를 형성하기 때문에 잔디 대체식물로 선호된다.

41 Dicranum scoparium. 산림 주변이나, 반 그늘진 임상의 부식질이 많은 썩은 나무나 물기 있는 암반 또는 땅에 군생한다.

42 腹足類. 연체동물이 한 강綱 대부분이 볼록한 나선 모양의 껍데기를 가지며 좌우 대칭이다. 머리와 가슴의 구분이 없으며 배는 너비가 넓은 발이 된다. 소라, 전복, 논우렁 따위의 수산水産 고둥을 포함하는 전새류前鰓類, 갯민숭달팽이 등을 포함하는 후새류後鰓類, 달팽이, 민달팽이 등의 육산陸産 조개류를 포함하는 유폐류有肺類의 세 아강亞綱으로 나뉜다. 학명은 Gastropoda.

43 공받이와 끈에 매달린 공이 있는 장난감.

44 그리스 북부 에피루스 지방에 위치해 있으며, 제우스 신전의 신탁으로 알려져 있다.

45 한파를 몰고 오는 성인들의 축일 기간으로 보통 5월 11일에서 13일까지를 말한다.

46 hawk moth. 나비목 박각시과의 곤충. 박각시과 박각시속에 딸린 커다란 나방이다. 날개 너비는 80~105밀리미터다. 몸 색깔은 전체적으로 회색조이지만, 배 부분에 검고 붉고 흰 섬세한 무늬가 있다. 몸은 유선형, 앞날개가 길고 뒷날개는 작다. 해질 무렵에 나와 꽃을 찾아다니며 꽃꿀을 빤다.

47 라틴어 'singularis'는 홀로 지내는 돼지를 지칭한다.

48 톡토기목에 속하는 절지동물. 전 세계에 8,500여 종이 존재한다. 점프할 수 있는 '도약기'라는 기관이 있으나 날개는 없다. 몸길이는 0.5~3mm로 낙엽이나 썩은 나무 밑, 물위, 모래 등 어느 곳에서나 서식한다. 학명 Collembola.

49 방선균문에 속하는 세균의 총칭. 몸은 실 모양이고 가지를 내기도 하며, 다른 세균류와 달리 외생 포자를 만들기 때문에 곰팡이와 비슷하지만, 세포가 원핵성이고 그람 염색에 양성으로 반응한다. 학명 Actinobacteria.

50 Massif du Jura. 프랑스와 스위스가 만나는 곳에 위치한 산맥. 알프스 산맥의 북쪽에 자리하고 있다. 쥐라 산맥의 지층 구조에서 지질 시대인 '쥐라기'의 이

름이 붙었다.

51 웨스턴캐퍼케일리^{western capercaillie}. 일종의 큰들꿩으로 뇌조과 중 가장 큰 새이다. 가장 큰 표본의 경우 무게가 7.2킬로그램에 달한다. 수컷이 암컷보다 두 배 더 큰 것도 특징이다.

52 아서왕의 전설에 나오는 예언자이자 마법사.

53 트뤼프 또는 트러플이라고도 불리는 송로버섯은 식용 버섯의 하나로 고급 식재료로 꼽힌다. 푸아그라, 캐비어와 함께 세계 3대 진미로 손꼽힌다.

54 측백나무과에 속하는 늘푸른큰키나무. 잎은 바늘 모양이고, 열매는 10월에 열린다. 열매의 진은 향이 좋아 술을 만들고, 약으로도 널리 쓰인다. 한국의 석회암 지대에서 자란다. 나무 모양은 곧은 원통형이며, 나무껍질은 세로로 갈라진다. 학명 Juniperus rigida.

55 파리와 툴루즈를 잇는 428킬로미터의 고속도로.

56 꾀꼬리를 뜻하는 프랑스어 'loriot'는 라틴어 aureolus(금빛)이 어원이다.

57 Armagnac. 프랑스 남서쪽의 가스코뉴 지방의 아르마냐크에서 생산되는 독특한 종류의 브랜디. 트레비아노, 콜롱바, 바코 22A 등을 포함한 포도 혼합물로 만든 포도주를 증류하여 만들며, 코냑을 제조할 때 사용되는 단식 증류기보다는 증류탑을 사용한다.

58 François-René de Chateaubriand(1768~1848). 프랑스의 작가로 낭만주의 문학의 선구자다.

59 꽃의 암술을 구성하는 부분.

나무의 눈높이에서, 인간의 눈높이에서

윤동희 / 북노마드 대표, 『좋아서, 혼자서』 지은이

『나의 친애하는 숲』은 작가이자 여행자이자 양치기인 에두아르 코르테스가 세상과 자신에 지쳐 6미터 높이의 참나무 꼭대기에 나무집을 짓고 은거隱居하며 절제되지 않은 우리 시대를 조망한 에세이다.

　양치기로 살아온 7년, 그러나 세계화된 시장의 메커니즘에서 실패를 인정하고 양떼를 처분하는 데는 하루만으로 충분했다. 코르테스는 마흔 살을 앞두고 프랑스 남서부의 어느 숲으로 들어갔다. 소셜 미디어 계정을 삭제하고, 전자메일에는 부재중 응답을 설정했다. 스마트폰은 가져가지 않았고, 한 권의 책도 챙기지 않았다. 대신 그는 '숲'을 읽었다. 자신이 직접 만든 오두막에서 나무와 시간의 흐름을 관찰했다. 그렇게 '고요히' 한 계절을 지냈다. 상처를 치유하

려고 도피한 그에게 숲은 삶으로 다시 돌아갈 힘을 안겨주
었다.

"나는 한동안 침묵 속에서 지내기 위해 오두막에 들어왔다.
나무 위에서 살면서 나무와 더불어 다시 태어나겠다고
굳게 다짐한다.
나는 아래 세상과 나 자신에 지쳐서 이 위로 올라왔다.
아마 다른 사람들도 내게 지쳤을 것이다.
숲의 비호 아래 나는 탈바꿈을 시도한다.
나는 나무의 높이에서 바라보고 싶다."

- 본문 중에서

『나의 친애하는 숲』은 '우리' 이야기이기도 하다. 작가
와 별반 다르지 않은 삶을 살아가는 사람들, 세상과 자신
에 지친 사람들, 스마트폰 없이는 아무것도 하지 못하는 사
람들. 미디어 아티스트 제니 오델Jenny Odell은 『아무것도 하
지 않는 법』에서 현대인이 생산성이 가치를 결정하는 세계
에서 기술에 포획되거나 최적화되어 경제 자원으로 활용되
는[1] 존재로 전락했다고 말한다.

우리는 'SNS 관심경제attention economy'[2], 소비자의 관

심을 파악하여 '맞춤형' 상품이나 서비스를 제공하는 기술 기업에 삶을 저당 잡혔다. 오델은 신자유주의적 기술만능주의로 인해 '아무것도 아닌 것'이 용인되지 않는 현실에서 플랫폼 기업이 우리의 관심을 사고파는 방식에 반대한다. 대신 우리의 '관심'을 관심경제에서 벗어나 실제 세계의 시공간으로 이동하자고 제안한다.

코르테스는 디지털의, 디지털에 의한, 디지털을 위한 도시를 떠나 숲속으로 들어갔다. 스탠퍼드 대학에서 미술사를 강의하는 오델은 천천히 질감을 느끼며 세상을 바라보게 하는 데이비드 호크니David Hockney의 그림으로 우리를 인도한다. 코르테스는 별을 바라보고 숲을 호흡하고 나뭇가지의 수액을 마시고 개미떼의 움직임을 관찰했다. 오델은 집 근처 공원을 산책하고 새의 울음소리에 귀를 기울였다. 스마트폰과 SNS를 벗어나자 그동안 보지 못했던 것이 눈에 들어왔다. 자아로 가득한 '나'와의 접속을 끊고 야생의 네트워크와 접속되면서 인간을 둘러싼 자연, 도움을 필요로 하는 이웃, 소유에 의존하지 않는 공공성의 가치를 깨닫게 되었다. 삶에 의미를 부여하는 많은 것은 휴대폰 밖의 우연과 방해, 뜻밖의 만남[4]에 있었다.

여기 한 부부가 있다. 명문 대학을 졸업하고 신문사에서 기자로 일하던 두 사람. 전날 밤 회식으로 만신창이가 된 몸을 일으켜 허둥지둥 출근하고, 정신없이 일하다가 다시 술자리로 향하던 두 사람. 그러나 지금 두 사람은 두 자녀와 함께 미국 시애틀에서 차로 한 시간 거리에 있는 시골에 살고 있다. 수돗물이 나오지 않아 우물물을 긷고, 하수도 대신 정화조를 쓰는 오지에서 야생 작물을 채집하고, 밀을 갈아 빵을 굽는 자급자족 생활을 하고 있다.

'이렇게 살아도 되는 걸까?' 시작은 한 줄의 물음이었다. 결혼 2년 차, 아내는 돌을 맞은 딸을 키우겠다며 회사를 그만두었다. 그것도 모자라 하던 일을 집어치우고 시골에서 살자고 제안했다. 남편의 반응은? 맞벌이가 가져다준 경제적 여유를 포기하고 시골에서 살자고? 그러나 현실을 이기는 방법은 '비현실적' 실천에 있음을 아내는 알고 있었다. 아내는 첫째를 데리고 미국으로 유학을 떠났다. 몇 년 후, 한국에서 둘째를 키우며 기러기 생활을 하던 남편도 회사를 그만두고 합류했다. 적게 벌고 적게 쓰는 대안적 삶을 실천하는 『숲속의 자본주의자』다.

물론 세상이 선호하는 삶에서 벗어나 적게 가져도 충분히 만족할 수 있다고 설파하는 책은 세상에 뿌려져 있다. 1845년 헨리 데이비드 소로 Henry David Thoreau가 2년 2개월 2일 동안 월든 호숫가의 생활을 기록한 『월든』은 '고전 of 고전'이다. 일본의 자연주의 작가 다부치 요시오도 자기한테 필요한 만큼만 돈을 벌자고, 여분의 돈을 벌지 못하는 만큼 인생을 즐기자[5]고 조언한다. 『숲속의 자본주의자』의 박혜윤 작가도 스콧 니어링과 헬렌 니어링 부부의 『조화로운 삶』을 읽고 '시골행'을 고민했다고 말한다. 그러나 '숲'과 '자본주의'라는 상충된 단어의 조합에서 알 수 있듯이 『숲속의 자본주의자』는 외진 곳에서 살아도 인간이라는 존재는 사회와 깊이 연결되어 있다고 말한다. 작가는 자본주의에 반대하거나 귀농·귀촌을 강권하지 않는다. 어디에 있든지, 어떤 방식으로 살든지, 나만의 방식으로 삶을 음미[6]하는 것이 중요하다고 말할 뿐이다.

　　서울의 이성애자-가족주의자가 가장 많이 쓰는 비용은 무엇일까. 단연코 교육비이리라. '숲속의 자본주의자'는 교육비를 쓰지 않는다. 책은 도서관에서 빌려 읽고, 도서관에서 유튜브로 학습한다. 된장을 담그고, 밀을 갈아 빵을 굽고, 텃밭에 작물을 심고, 세제나 비누를 만들어 쓰고, 머리도 각자 손질하고, 옷도 거의 사지 않는다. 인간관계도 단순해졌다. 소로가 고독을 위해, 우정을 위해, 그리고 사람들과 어울리기 위해 세 개의 의자[7]를 두었던 것처럼 가치관이 비슷한 소수의 사람과 직접 '기른' 작물과 직접 '만든' 음식을 나눈다. 인터넷, 스마트폰, 커피, TV, 전자레인지, 전기밥솥, 다리미도 없앴다. 아침에 일어나 잘 때까지 습관적으로 사용한 것들이 살아가는 데 아무 역할을 하지 않더란다. 우리가 사용하는 것들이 정말 필요한가? 가끔은 근원을 생각하자[8]는 경제학자 정운영의 유언은 시간과 세대를 초월해 여전히 유효하다.

알고리즘이 작용하지 않는 곳

코르테스와 오델과 숲속의 자본주의자가 도착한 곳은 알고리즘이 작용하지 않는 곳이라는 공통점이 있다. 사람들은 인터넷과 스마트폰과 소셜 미디어로 식사를 하고 쇼핑을 하고 일을 하고 '나'를 증명한다. 스마트폰을 잠시 끄고, 공원을 산책하고, 달리기하고, 명상하고, 여행을 떠나고, 산을 오르고, 바다를 찾아도 결국 알고리즘이 작동하는 현실로 돌아온다. 현실 속으로 혹은 현실 밖으로. 어떤 이는 잘 살기 위해 들어가고, 어떤 이는 잘 살기 위해 벗어난다. 그리고 그 선택을 스마트폰으로 인증한다. 1854년 8월 9일 출간된 『월든』을 '세계문학전집'으로 편입해 2021년 11월에 펴낸 어느 대형 출판사도, 버는 것보다 덜 쓰면 해결된다는 평범한 가치를 일깨운 『숲속의 자본주의자』를 2021년 6월에 펴낸 또 다른 대형 출판사도 SNS로 책을 실어 나른다. 규모가 다를 뿐, 이 책도 마찬가지일 테다. 뭐지?

'잘' 산다는 것은 무엇일까. 속단하기 어렵다. 세상 안 혹은 세상 밖, 어디에도 정답은 없다. 그러나 세상이 지금-여기에 충실한 사람들에게 관대한 것만은 분명해 보인다. '먹고사니즘먹고사는 일을 최우선으로 하는 태도'을 뛰어넘는 가치는 존재하지 않는 듯하다. 시대에 따라 양태만 달라졌을 뿐 백성과 민중과 소비자를 지배하는 소수 계급의 지배 메커니즘도 변함없다. 오늘날 지배 계급은 '기술'과 '정보'를 소유한 사람들이다. 《뉴 리퍼블릭》의 에디터로 일했던 프랭클린 포어Franklin Foer가 『생각을 빼앗긴 세계』에서 적은 것처럼 기술 기업은 개인이 내리는 크고 작은 선택들을 자동화[9]하고, 사람들이 아무 생각 없이 자기들에게서 정보와 오락거리를 찾게 만들고, 사람들이 바라는 것은 무엇이고 싫어하는 것은 무엇인지를 총망라한 거대한 리스트[10]를 작성하고 있다. 그들은 기술과 정보로 제단을 구축해 혁신을 설교한다. 사람들은 변화와 성장을 찬양하며 데이터를 제물로 바친다.

　　기술 기업의 알고리즘은 사물인터넷과 머신러닝으로 상징되는 인공지능[AI]으로 더욱 정교해지고 있다. 세상은 일방적으로 정보를 받는 웹 1.0에서 참여·공유·개방의 플랫폼에서 정보를 함께 제작하고 공유하는 웹 2.0을 넘어 개인화·지능화된 웹으로 진화하여 개인이 모든 것을 판단하고 추론하는 웹 3.0으로 나아가고 있다. 다행히 기술의 이면을 고민하는 움직임이 감지된다. 미디어학자 더글라스 러쉬코프는 『구글버스에 돌을 던지다』에서 기술 기업이라고 해서 경제 원리를 뛰어넘지는 못한다고 지적한다. 기술 기업 역시 다른 기업들과 마찬가지로 강요적이고 분열적이고 소모적[11]이라는 것이다.

　　러쉬코프는 과거 경제, 즉 산업경제로 우리의 시야를 넓힌다.[12] 제법 먼 길을 거슬러 올라가야 하니 잠시 숨을 돌려도 좋겠다. 11~13세기 서유럽의 그리스도교도들은 팔레스타나와 예루살렘을 탈환하기 위해 십자군 원정에 나섰다. 결과는 실패로 끝났지만 덕분(?)에 유럽인들은 중동의 시장 경제, 즉 바자[bazaar]를 발견했다. 언제 어디서 열린다는 것 외에 방해물이 없는 혁신적인 상거래 공간 혹은 제도. 거래 규칙을 통제하는 중앙 플랫폼도, 도매 같은 중간 거래자도 없는 곳. 바자는 지역에서 오랫동안 신용을 쌓아온 장인의 평판과 인간관계만으로 이루어지는 훌륭한 시장 경제였다. 여기에 길드guild, 동업자 조합 시스템이 더해졌다. 길드 구성원들은 가격을 표준화시키고, 기술을 아랫세대에 전수했다. 과도한 노동과 경쟁으로부터 서로를 보호하기 위해 모두가 같은 날 일하고 같은 날 쉬었다. 구성원 사이의 경쟁을 제어하는 시스템을 받아들인 중세 말의 유럽은 경제적 성장을 일구었다.

안타깝게도 모두가 '같이' 성장하는 경제는 오래가지 않았다. 언제나 그렇듯이 지배 계급이 문제(였)다. 바자와 길드 시스템으로 성장한 상인 계급은 농노들을 약탈해 부를 축적하는 봉건적 귀족 계급의 약화를 의미했다. 농노 계급이 '스스로' 만들고 판매하는 상업 경제를 일구자 귀족 계급은 강제적인 수단을 사용해 성장의 과실을 낚아챘다. 법을 만들고 세금을 부과했다. 지금처럼! 독과점이라는 이유를 들어 길드를 해체하고, 지역의 생산자와 소비자들이 사용하던 지역 화폐를 금지했다. 제품을 만드는 '생산자'로 성장한 장인들은 플랫폼을 뺏기고 '취업'을 해야 했다. 우리처럼!

귀족 계급의 꼼수는 여기에서 그치지 않았다. 그들은 생산의 전체 과정을 책임지는 장인을 고용해 높은 임금을 지불하는 대신 미숙련 노동자들을 고용했다. 무일푼의 장인은 물질적 수단의 소유자들과 업무 협의를 하지 않고는 더 이상 거래를 진행할 수 없었다. 산업에 대한 재량적 통제권은 노동 생산 수단에 대한 장인의 기술적 장악에서 물질 수단에 대한 소유주의 금전적 장악으로 바뀌었다.[13] 높은 품질을 만들어내는 장인들의 기술은 평준화된 제조 공정으로 대체되었다. 대량 생산 대량 소비, 최소한의 비용으로 최대의 효과를 얻는 경제 원칙의 시작이었다. 대량생산은 노동자를 기술과 가치 창출에서 분리시키고, 대량 마케팅을 통한 대량소비는 노동자를 서비스 대상으로부터 분리시켰다. 사람들은 자신의 '시간'을 팔아 매달 연명하는 급여 노동자가 되었다.

노동자는 곧 소비자다. 귀족 계급은 농노의 신분에서 벗어난 축복이라며 소비의 즐거움을 주입시켰다. 급여라는 일의 대가는 소비를 통해 가진 자의 시스템으로 반납되었다. 사람들은 '급여'를 팔아 카드값을 메꾸는 신용경제의 채무자가 되었다. 어떤 사람은 야망에 의해 유행에 처음 발을 담그고, 어떤 사람은 스스로 멋있게 보이기 위해서 유행을 따르고, 어떤 사람은 무리에서 배제되는 것을 두려워해서[14] 움직인다. 생산 과정에 남아 있는 착취와 파괴가 꺼림칙했던 기업들은 '브랜드'를 도입해 소비자의 시선을 다른 곳으로 돌리는 데 성공했다. 사람들은 '비싼' 물건을 식별하기 위해, 다른 사람과 조금이라도 다르게 보이기 위해 브랜드에 시간과 물질을 바친다. 브랜드는 부자와 가난한 자 사이에 존재하는 실질적인 차이가 증발하면서 남게 된 찌꺼기[15]가 되었다.

> "세계의 시장은 우리에게서 역량을 제거해버렸고,
>
> 기계를 통해 수익과 채무를 가져가는 데 그치지 않고
>
> 우리가 끝없이 다시 사들이도록 다분히
>
> 변변찮은 물건들을 팔아대는 기적과 같은 일을 해냈다.
>
> 살아가는 앎이란,
>
> 내게는 단순히 더 나은 삶의 질을 누리거나
>
> 덜 소비하는 게 아니라
>
> 우선 잘 소유하는 법을 배우는 것이다.
>
> 내가 추구하는 절제는 나를 소유하는 존재를 소유하지
>
> 않는 것이다."
>
> – 본문 중에서

물론 경제의 각 단계마다 기술은 발전을 거듭했다. 부인할 수 없는 역사적 증거다. 하버드대학교에서 심리학을 가르치는 스티븐 핑커가 신봉하는 '데이터'가 증명하듯이 인류는 이성의 힘을 통해 죽음에서 삶으로, 질병에서 건강으로, 궁핍에서 풍요로, 압제에서 자유로, 고통보다 행복으로, 무지에서 지식으로 옮겨왔다. 스티브 잡스, 빌 게이츠, 래리 페이지, 세르게이 브린, 일론 머스크, 마크 저커버그, 제프 베이조스 같은 기술 시대의 히어로를 비난할 생각은 추호도 없다. 그러나 기계화, 산업화, 디지털화를 거치며 '인간'의 가치가 축소되었다는 사실도 엄연한 데이터가 아닐까.

오늘날 인간은 알고리즘이라는 이름으로 경제 가치 사슬에서 철저히 배제되고 있다. 한 끼 식사를 해결할 때에도, 음악을 내려받을 때에도, 한 권의 책을 선택할 때에도, 뉴스를 읽을 때에도, 물건을 살 때에도, 길을 이동할 때에도, 친구를 사귈 때에도⋯⋯ (돈을 지불하는) 모든 선택의 과정에서 인간은 고도의 알고리즘이 편집한 '랭킹'과 '추천'을 따를 뿐이다. 온라인 세상에서 깊이 있는 읽기를 위한 생각에 잠긴 침묵이나 명상의 애매모호한 우회성은 발 디딜 틈

이 없어졌다.[16]

물론 '디지털'의 잘못은 아니다. 기술에 무슨 잘못이 있으랴. 0과 1은 컴퓨터 프로그래밍에 사용되는 방법일 뿐이다. 문제는 디지털을 장착해 돈을 벌겠다는 '인간'에게 있다. 분산, 연결, 임시성…… 디지털의 순기능은 '대박'을 노리는 디지털 경제꾼들과 투자자들 사이에 오가는 프레젠테이션에나 등장한다(이 글을 쓰는 지금, 류영준 대표를 포함한 카카오페이 경영진 8명은 상장 한 달 만에 900억 원어치 주식을 대량 매도했다). 사람들은 쉬이 오해한다. 스타트업 비즈니스는 수평적이고 혁신적일 거라고. 아니다. 디지털 경제라고 해서 다르지 않다. 회사의 성장과 효율에 걸림돌이 되는 인간을 희생시키는 공식은 바뀌지 않는다. 벤처 캐피털이 추구하는 가치는 성장, 속도, 그리고 빠른 투자금 회수[17]다. 성장해야 투자가 들어오고, 성장해야 사용자 수가 늘어나고, 성장해야 재투자(시리즈 A, B, C……)가 들어오고, 성장해야 상장하고, 성장해야 엑시트exit, 이익 실현할 수 있다.

'긴 꼬리long tail' 법칙[18]이라는 말이 있(었)다. 디지털 시대에는 인터넷에서 제품의 전시나 물류비용이 제로[0]에 가까워지고, 소비자들도 '검색'을 통해 원하는 정보를 찾아 제품을 평가하고 구매함에 따라 수요곡선의 꼬리가 머리보다 길어져 틈새 상품이 중요해진다는 이론이다. 2004년《와이어드Wired》편집장 크리스 앤더슨Chris Anderson이 소개한 이론은 디지털 경제를 향한 장밋빛 전망을 품고 있었다.

　　그로부터 20여 년이 지난 지금 그 용어는 온데간데없다. 음악, 아니 음원 시장을 비롯한 콘텐츠 시장은 여전히 소수의 블록버스터가 지배하고 있다. 넷플릭스로 상징되는 OTT 서비스over-the-top media service가 등장하면서 20퍼센트의 비중이 80퍼센트보다 가치가 더욱 크다는 '80:20 법칙'마저 무너지고 있다. 세계는 아마존과 넷플릭스와 아이튠과 인스타그램과 틱톡만 웃는 시대가 되었다. 그들은 지금 이 순간도 성장을 위해 '브랜딩'이라는 이름의 쥐어짜기를 계속하고 있다. 기준은 '좋아요'다.

　　'좋아요'는 말 그대로 좋음을 표시하는 추상적인 가치다. 처음 소셜 미디어가 '좋아요'를 도입했을 때만 해도 사용자 사이의 상호작용이 디지털 미디어의 본래 속성을 회복시킬 것으로 기대했다. 페이스북을 만든 마크 저커버그^{Mark Zuckerberg}의 더 열린 세상, 더 연결된 세상[19]이라는 미션은 근사해 보였다. 그러나 지금 '좋아요'는 디지털 기업의 가치를 측정하는 브랜딩 수단이자 화폐일 뿐이다. 사람들은 페이스북과 인스타그램의 '좋아요' 숫자로 자신의 성과를 확인하고 퍼스널브랜드의 발전 과정을 감시[20]한다. 35세 이상의 이용자가 50퍼센트를 넘는 페이스북과 이용자의 75퍼센트가 35세 이하의 밀레니얼 세대[21]인 인스타그램이라는 양손을 자유자재로 휘두르는 페이스북은 '좋아요'라는 데이터를 다른 곳에서 가져온 유용한 데이터로 증강[22]시키며 '메타'가 되었다. 메타버스 시대에도 굳건히 자리를 지키겠다는 것이다. 과연?

본래 기술의 가치는 자기중심적인 인간이 놓치기 마련인 객관적이고 중립적인 가치를 제안하는 데 있다. 세계 최초의 스타트업 액셀러레이터인 와이 콤비네이터^{Y Combinator}의 창업자인 폴 그레이엄^{Paul Graham}은 기술이 얼마나 멋진 일이 될 것인가는 우리가 이 새로운 매체를 가지고 지금 무엇을 하는가에 달려 있다[23]고 말했다. 그러나 지금의 알고리즘은 '필터 버블', 즉 보고 싶은 정보만 보게 만들어 사용자 개개인의 편향성을 강화하는 데 사용되고 있다. 사용자가 선호하는 특정 콘텐츠에 유기적으로 반응하는 알고리즘은 우리의 '시간'을 붙잡아두는 마케팅 수단일 뿐이다. 디지털 덕분에 속도가 빨라졌다는 것은 그 시간에 다른 일을 해야 한다는 것을 의미한다. (무엇이 달라졌는지 모르지만) 달라진 시대에 도태되지 않으려고 20세기에도 열심히 일했던 사람들은 21세기에도 더 열심히, 더 민첩하게 agile, 실시간으로 timeline 일하고 있다.

더 열심히, 더 민첩하게, 실시간으로

디지털 시대의 노동은 '하이브 hive'라는 단어로 설명된다. 칼 뉴포트 Carl Newport 는 『하이브 마인드, 이메일에 갇힌 세상』에서 이메일과 인스턴트 메신저 서비스 같은 디지털 의 사소통 도구가 비체계적이고 무계획적인 '과잉'의 메시지를 만들어냈다고 지적한다. 책이 나온 2019년을 기준으로 지식노동자들은 하루에 세 시간 이상을 이메일에 사용하고 있었다. 코로나 시대에 비대면 근무가 일상이 된 지금은 구글, 슬랙 slack, 노션 notion, 잔디 jandi, 지라 jira, 줌 zoom 같은 생산성 도구가 추가되었으니 그 빈도와 강도가 짐작된다. 뉴포트의 인터뷰에 응한 각계각층의 사람들은 "이메일에 답하는 걸 진짜 일과 혼동해요" "이메일을 작성하고 모두에게 참조를 거는 건 '나는 이만큼 일하고 있어요'라고 알리는 퍼포먼스예요" "슬랙은 그저 메시지가 쭉 늘어선 것일 뿐이에요"[24]라고 하소연한다. 비대면 디지털 경제 시대에 우리는 기존의 업무에 커뮤니케이션이라는 새로운 일을 더하게 되었다. 일과 커뮤니케이션의 구분이 모호한 세상에서 끊임없이 메시지를 발신하고 수신하는 디지털적인 의사소통을 잘하는 것이 '일잘러'의 기준이 되었다.

거의 언제나 '접속on' 상태[25]로 살아가는 우리를 위한 뉴포트의 조언은 단순하다. 시도 때도 없이 울리는 푸시 알람은 일이 아닐 가능성이 높다고, 비체계적으로 교환되는 이메일과 메시지를 줄여야 한다고, 그렇게 줄인 시간에 더 중요한 일에 집중해야 한다고, 반드시 '결정'해야 하는 사안은 '직접' 소통해야 한다고. 이메일과 메시지와 소셜 미디어를 줄이는 것은 소통의 강도를 약화시키는 것이 아니라 '일'을 줄이는 것이다. 스마트폰을 수놓는 '좋아요' '리트윗' '별점'은 소통이 아니라 사회적 인정을 갈구하는 장사에 불과하다. 그 속에서 인간은 소통하는 '제품'일 뿐이다. 스마트폰과 비대면 시스템, 감시 노동에 갇힌 어른들, 매일 스크린을 보는 까닭에 감정 표현에 어려움을 겪고, 과잉행동을 보이거나 분노 조절을 하지 못하는 아이들. 정신건강의학과 의사 오은영이 스타가 된 것은 시대의 아픔이다.

데이터의, 데이터에 의한, 데이터를 위한

모든 종류의 문화 생산자들이 소셜 미디어 사용자들에게 다가가야 생존이 가능하다는 경고에 겁을 먹었던 걸까. 지난 1년, 나는 책을 만드는 일에 덧붙여 기술 기업에서 협업을 나누었다. 그러나 그곳에서 알게 된 사실은 거대 기술 기업으로 자리 잡은 극소수를 제외하고 거의 모든 스타트업이 외부의 투자를 이끌어내지 않으면 미래를 장담할 수 없는 지속 불가능한 게임을 하고 있다는 것이었다. 차별화된 제품product 경쟁력보다 마케팅 데이터와 사용자 수를 투자자들에게 보여주는 것을 최선으로 삼는 디지털 비즈니스는 소셜 브랜드화 과정에 지나지 않았다.

어떤 이들은 이 시대를 예찬한다. 비정규 프리랜서 근로 형태가 확산되는 긱 이코노미gig economy에 맞춰 프리워

커free worker 혹은 인디펜던트 워커independent worker라는 네이밍을 장착한 이들이 각광받고 있다. 그들은 전문가 플랫폼에서 자신을 직거래하고, 인터넷 커뮤니티에서 동료를 찾는다. 소셜 미디어에서 그들은 자유 시간을 수치화하고 알고리즘 형태로 상호작용하며 퍼스널브랜드를 구축[26]한다.

또 다른 어떤 이들은 우버, 에어비앤비, 위워크가 나눔의 가치를 실현하는 '공유 경제'라는 새로운 지평을 열었다고 칭송한다. 그러나 공유 서비스도 결국 비즈니스다. 승객과 운전기사, 투숙객과 집주인의 자발적 연결이라는 겉모습에 속아서는 안 된다. 그 '연결'로 누가 돈을 버는가를 주목해야 한다. 결국 플랫폼이다. 산업 경제에서 장인의 가치가 박탈당했던 것처럼 디지털 경제는 인간의 경험과 기술을 이용하고 있다. 우버나 카카오 택시는 택시를 운행하는 관리업자가 아니다. 그들은 중개 플랫폼일 뿐이다. 덕분에 정부의 규제를 피할 수 있다. 늦은 밤 강남역에서 택시를 잡기 위해 "따따블"을 부르는 것은 바가지요금으로 비난받지만, 카카오 블루나 카카오 블랙은 기술 혁신으로 불린다. 이중으로 요금이 결제되면 카드회사나 은행에 넘기면 된다. 운행 중 교통사고가 나도 플랫폼은 책임을 지지 않는다. 그런데도 모든 건마다 수수료를 가져간다. 택시회사와 택시기

사는 카카오의 계약직 노동자인 셈이다.

앞으로 '돈'의 흐름은 어떻게 될까. 극심한 양극화로 흐를 거라는 데 이견이 없어 보인다. 프랑스의 경제학자 토마 피케티Thomas Piketty는 『21세기 자본』에서 자산수익률이 경제성장률보다 높아지면서 소득불평등이 점점 심화되었다고 말한다. 노동자는 아무리 열심히, 뛰어나게 일해도 자본을 가진 자들을 이길 수 없다는 것이다. 거대 기술 기업, 커뮤니티 기반의 소셜 미디어, 그리고 암호화폐와 NFTnon-fungible token, 대체 불가능한 토큰 같은 새로운 자산에 돈이 몰리면서 2013년 출간된 『21세기 자본』은 어느덧 '고전'이 되어버렸다. 세계 경제의 핏줄이 된 벤처캐피털VC은 주주들을 위해 혹은 자신들이 창출하지 못한 성장을 단박에 얻기 위해 인수 합병이라는 돈의 이벤트를 열고 있다.

물론 혁신적이거나 성장성이 높은 신생 기업이 위험을 감수하고 미래 가치에 나설 수 있게 도와주는 투자는 필수적이다. 사업 확장 시기에 매출 부진과 자금난을 겪으며 고사 위기에 처해 있는 스타트업에 자금을 수혈해 성공으로 이끈 사례는 감동적이다. 열정과 사람과 상생이라는 초심을 간직한 기술 기업도 많다. 문제는 디지털 경제에서 생성되는 돈의 '데이터'에 '사람'이 포함되지 않는다는 데 있다. 구매 이력, 주문 금액, 연령, 수입, 가구 구성원, 날씨, 주말, 공휴일, 이벤트 프로모션, 경쟁사 동향, 금리 변화, 물가 상승률…… 이제 인간은 머신러닝이 도출한 수요 예측 데이터다. 가구당 수입을 파악하고, 요일과 날씨를 점검하고, 지난해 같은 시기 수요를 분석하고, 경쟁사 동향을 파악하고, 유 튜비나 연예인이나 인플루언서가 소개한 제품의 실시간 매출을 확인하고, 새로 런칭한 제품의 발주를 결정하고, 마케팅 쿠폰을 점검하고, 상품 알림을 보내고, 서버를 점검 또는 증설하고…… 이제 인간은 머신러닝이 도출한 데이터의 명령을 따르는 생체 기계다.

이제 플랫폼은 온라인에서 생산, 소비, 유통이 이루어지는 단순한 공간이 아니다. 플랫폼은 운영자가 아닌 환경[27] 그 자체다. 구글은 플랫폼 독점을 지렛대 삼아 쇼핑 플랫폼이 되었고, 페이스북은 소셜 미디어에서 독점적으로 광고 서비스의 플랫폼이 되었고, 아마존은 상점을 지렛대질하여 클라우드 서비스 제공자가 되었다.[28] 카카오 택시도 처음에는 택시를 부르는 '앱'이었지만 지금은 '카카오T'가 되었다. 모든 운송 transportation 을 대신하겠다는 것이다. 검색창에서 카카오T를 입력하면 홈페이지(www.kakaomobility.com)로 넘어간다. 모빌리티, 즉 모든 '이동'에

관여하겠다는 것이다. 산업화 시대나 디지털 시대나 인수 합병, 감원, 아웃소싱, 감가상각으로 비용을 줄이는 것은 동일하다. 투자자들은 그 일을 잘 수행하는 기업에 돈을 투여하고, 그 일을 잘 감당하겠다고 나선 기업에 혁신이라는 이름을 갖다 붙인다. 투자를 이끌어내기 위해, 새로운 투자를 유치하기 위해 디지털 시대의 플랫폼은 오직 하나만을 추구한다. 바로 '성장'이다.

공유에서 탈성장으로, 탈성장에서 코뮤니즘으로

다행인 걸까. 지구의 동서남북을 가리지 않고 덮친 기후 위기와 코로나19로부터 자본주의를 향한 지구의 경고를 새겨 듣는 사람들이 나타나고 있다. 이른바 '탈성장'이다. 일본의 사이토 고헤이는 탈성장을 위해 자본주의 체제를 수선해야 한다고 믿는 마르크스주의 경제학자다. 대부분의 지식인들이 환경과 생태를 들먹이며 어물쩍 넘어가는 현실에서 그의 책 『지속 불가능 자본주의』는 가히 혁명적이다.

일본에서 무려 40만 부가 팔린 책의 핵심은 '탈성장 코뮤니즘'이다. 풀어서 쓰면 '자본주의 체제를 없애야 탈성

장이 가능하다'이리라. 탈성장 코뮤니즘이란 무엇일까. (이
제는 일상어가 된) '1.5도'라는 용어를 소환하자. 기후 변화에
따른 전 지구적 재앙을 막기 위해서는 2100년 평균 기온이
산업혁명 이전과 비교하여 1.5도 이상으로 상승하지 않아
야 한다는 개념이다. 선진국을 비롯하여 지구촌이 2030년
까지 이산화탄소 배출량을 절반 가까이 줄이고, 2050년까
지는 아예 0으로 만들어야 하는 절대 근거다.

그러나 20세기 내내 성장을 동력 삼아 자본주의를 변
형시켜온 선진국들의 생각은 다른 것 같다. 일명 '녹색 성장'
이라는 잔머리가 눈에 거슬린다. '기후 케인스주의'라고도
불리는 녹색 성장은 재생에너지에 대규모 투자해서 성장과
기후 위기 극복이라는 두 마리 토끼를 다 잡자는 주의다.
결국 '성장론'이다. 그 반대편에 경제성장과 기후 위기 극복
은 양립할 수 없다는 탈성장주의자가 있다. 그들은 국내총
생산GDP 성장률을 2~3퍼센트로 유지하면서 '1.5도' 목표
를 달성하려면 해마다 이산화탄소 배출량을 10퍼센트 줄
여야 한다며 '숫자'로 반박한다. 환경을 지키려면 오직 한 가
지 방법, 경제 규모를 줄이는 수밖에 없다고 말한다.

고헤이는 양쪽 모두에 고개를 젓는다. 그는 자본주
의를 견제하고 대안을 내놓는 것만으로는 '탈성장'의 가치

를 지킬 수 없다며 탈성장주의자에게도 대립각을 세운다. 자본주의를 멈추지 않는 한 탈성장은 불가능하다고, 오늘날의 탈성장 담론은 실현 불가능한 공상에 불과하다고 일갈한다. 흥미로운 건 그의 전위적인 주장이 코로나 팬데믹 상황에서 (초)부유층 자산이 비현실적으로 급증하며 '증명'되었다는 것이다. 자본주의를 유지한 채 탈성장을 하면 빈부격차가 확대될 거라는 고헤이의 주장은 '팩트풀니스 factfullness'였다.

'탈성장'의 허구를 증언하는 고헤이의 생각을 경청하다 보면 에코백과 텀블러를 쓰고, 음식을 남기지 않는 개인의 노력이 한낱 계란으로 바위 치기임을 알게 된다. "자연을 지키기 위해서는 인공ᄉㅜ을 받아들여야만 한다"는 마이클 셸런버거의 『지구를 위한다는 착각』이 절로 겹쳐진다. 셸런버거가 종말론적 환경주의의 허구성을 폭로했듯이, 고헤이는 "환경을 위한 개인적 노력만으로는 의미가 없으며 기업과 정부의 책임을 명확히 밝혀야 한다"고 말한다. 한 발 더 나아가 "지구의 미래보다 이익을 우선하는 자본주의 시스템을 발본적으로 바꿔야 한다"고 주장한다. 발본拔本, 나쁜 일의 근본 원인을 아주 없애야 한다는 것이다.

'기후위기 시대의 자본론'으로 불리는 고헤이의 사유

는 정치가와 기업이 내세운 환경 대책이 실은 눈속임에 지나지 않는다는 것을, 이를 방치하면 그 피해는 고스란히 사회적·경제적 약자인 우리에게 온다는 것을 확인시켜준다. 고헤이는 자본주의 시스템 그 자체에 도전하는[29] '커다란 변화'를 추구하며 나아가야 한다고 말한다. 이유는 하나. 자본은 무한한 가치 증식을 목표하지만 지구는 유한하기 때문[30]이다.

지금의 자본주의 시스템을 유지한 채 탈성장을 추구하면 격차만 확대되는 현실에서 우리는 무엇을 해야 할까. 이제 갓 싹을 틔운, 그러나 기술 기업의 마케팅 수단으로 전락해버린 '공유share'의 가치를 '커먼common, 공공재'으로 옮겨야 한다. 커먼이란 사회적으로 사람들에게 공유되고 관리되어야 하는 부富[31]를 가리킨다. 커먼을 '제3의 길'이라고 부르는 고헤이는 수도·전력·주택·의료·교육 등을 공공재로 삼아서 사람들이 스스로 민주주의적으로 관리[32]하는 코뮤니즘communism을 대안으로 내놓는다. 이런…… 공유는 받아들여도 사유재산 제도를 폐지하고 생산 수단을 사회 전체가 공유하는 코뮤니즘 앞에서는 떨떠름해 하는 당신의 얼굴이 보인다. 걱정 마시라. 김누리 교수(중앙대)는 『우리의 불행은 당연하지 않습니다』에서 우리가 '공산주의'라고 알고 있는 코뮤니즘은 잘못된 번역이라고 전제하며, '공동체를 중시한다'는 코뮤니즘의 본래 의미가 지나치게 '경제주의적' 으로 축소[33]되었다고 말한다. 고헤이 역시 중국이나 소련의 공산주의와는 완전히 다르다고 말하며, 코뮤니즘의 목표는 생산자들이 생산수단을 '커먼'으로 삼아서 함께 관리하고 운영하고[34], 노동자와 지구를 우선하는 새로운 '열린 기술' 을 '커먼'으로서 발전시키는 데 있다고 안심시킨다.[35] 코뮤 니즘은 모든 종류의 공동체적 삶이라는 얘기다. 돈 워리!

나의 하루, 나의 일상, 나의 인생

"가장 어려운 것은 이웃을 최선을 다해 잘 사랑할 정도로
자신을 충분히 사랑하는 일일지도 모른다.
자기 자신을 알고
자신을 올바르게 소중히 여기는 한
자유로운 운명으로 나아갈 수 있다."

– 본문 중에서

정리하자. 디지털 플랫폼의 흥망성쇠는 우리 삶에 그

다지 중요하지 않다. 중요한 건 나의 하루요, 나의 일상이요, 나의 인생이다. 대장암 선고를 받았지만 항암 치료를 거부하고 생이 명멸하는 순간을 품격 있게 지켜보다가 우리 곁을 떠난 '시대의 지성' 이어령 선생은 어느 인터뷰[36]에서 '나다움'을 강조했다. 그의 유언 같은 고언을 읽으며 나는 앞으로 성장은 진부한 단어가 될 것이고, 자본주의에 지친 사람들이 '인간적인 너무나 인간적인' 질문과 해답을 궁구할 것임을 예감했다.

'나답다'는 건 무엇일까. 좀 더 많은 팔로워를 거느리는 걸까, 좀 더 높은 연봉을 받는 걸까, 부동산과 주식과 코인으로 부자가 되는 걸까, 내가 지지하는 정치인이 대통령이 되는 걸까. 이어령 선생은 벽돌담과 돌담을 비유로 든다. 우리는 번듯한 모습으로 다른 벽돌과 함께하는 삶을 지향한다. 다른 벽돌 속에 끼어 있어야 안심한다. 그러나 선생은 벽돌은 부서지면 똑같은 규격의 벽돌로 대체할 수 있지만, 아무리 찌그러졌어도 세상에 오직 하나만 존재하는 '돌멩이'를 예찬한다. 『나의 친애하는 숲』의 코르테스도, 『아무것도 하지 않는 법』의 오델도, 『숲속의 자본주의자』의 가족도 벽돌의 군집에서 벗어나 돌멩이로 살고자 함이 아니었을까. 자신의 필요에 '적합한' 규모로 일회용품, 플라스틱, 해시

태그(#), 화폐가 존재하지 않는 곳에서 나다움을 고민하다가 다른 삶을 만난 게 아닐까. 삶의 독특성, 의미, 재미를 주목하고 찾아낼 사람은 우주에 나 한 사람밖에 없다[37]며 말이다.

Ready player one

경제가 인간에 봉사하도록 최첨단 기술을 인간 본성에 맞게 운영해야 한다고 제안하는 『구글버스에 돌을 던지다』는 2016년에 출간되었다. 저자의 바람과 달리 세상은 빅데이터, 로봇, 인공지능, 알고리즘, 4차 산업이 일상의 언어가 되었다. 『월든』식 생태주의로는 디지털 경제의 승자독식과 불평등의 폐해를 종식할 수 없다는 애기다. 해답은 하나. 착취와 성장에 얽매인 경제라는 '게임'에서 문제의 근본을 찾아야 한다.

갑자기 웬 게임? 뉴욕대학교에서 종교사와 종교문학을 가르쳤던 제임스 P. 카스James P. Carse의 『유한 게임과 무한 게임』에서 그 힌트를 찾는다. 카스는 인생을 '유한 게임'과 '무한 게임'이라는 두 가지 양태로 나눈다. 기준은 '승패

勝敗'에 달려 있다. 유한 게임은 승패가 나뉘지만 무한 게임
은 누구나 승자가 될 수 있다. 유한 게임은 친숙하다. 우리
의 삶이니까. 초록색 체육복만 입지 않았을 뿐 우리는 〈오
징어 게임〉의 플레이어니까. 회사에서 정리해고 당하고 도
박 중독에 빠진 이혼남, 투자에 실패해 큰 빚을 진 엘리트
금융인, 자본주의 사회 적응에 실패해 소매치기로 살아가
는 탈북자 여성, 뇌종양에 걸린 시한부 노인, 임금을 지불하
지 않는 사장과 다투다 도망자가 된 외국인 노동자…… 드
라마 속 456명은 자본주의에서 살아남으려 용을 쓰는 우
리와 고스란히 겹쳐진다. 누구는 현실을 반영한 풍자라고
칭찬하고, 누구는 자본주의를 부정하는 선동이라고 비판
한다. 당신은 어떤 '깐부'의 손을 들어주었나. 누구 편을 들
건 당신의 시야는 승리를 목적으로 한 유한 게임에 갇혀 있
을 뿐이다.

　　카스는 말한다. 유한 게임은 승리를 목적으로 하고,
무한 게임은 게임의 지속을 목적으로 삼는다고. 유한 게임
에 참여한 플레이어들은 승리하려고 노력한다. 〈오징어 게
임〉처럼 목숨을 건다. 최후의 1인이 456억 원을 거머쥐듯
이 유한 게임은 누군가 승리를 거두어야 끝이 난다. 규칙이
결정되고, 시공간적 한계가 작용한다. 그 한계를 뚫고 합의

된 규칙을 준수하며 이겨야 한다. 승패가 분명한 만큼 유한 게임의 플레이어는 '공정'을 요구한다. 반대 젠더와 다른 피부색과 다른 세대를 이겨야 생존할 수 있다고 믿는 사람들처럼.

무한 게임은 다르다. 무한 게임의 플레이어들은 '절대로 끝나지 않는' 게임에 참여한다. 당연히 게임의 목적은 '플레이의 지속'이다. 끝이 없으니 규칙과 경계는 고정적이지 않다. 게임 플레이어들이 상황에 맞게 언제든 바꿀 수 있다. 바꿀 수 있다…… 얼마나 유연한가. 승리와 패배가 없으니 피 터지는 경쟁도 없다. 다른 사람의 가치와 물질을 빼앗아야 승리하는 유한 게임과 달리 무한 게임은 자신만의 목표를 이루기 위해 살아간다. 자신만의 목표라니…… 얼마나 자유로운가.

물론 유한 게임에서 이기면 부와 지위, 힘과 명예를 누릴 수 있다. 단, 다른 사람들에게 인정받은 타이틀을 소유해야만 얻을 수 있다. 당연히 극히 소수만 누릴 수 있다. 승리의 영광도 유한하다. 언제든지 다른 사람에게 뺏길 수 있다. 승리한 자나 승리를 위해 노력하는 자나 패배의 나락에 떨어진 자나 모두 고통받는다. 이긴 자는 승리의 기록에 연연하고 진 자는 패배의 기록을 극복하려고 한다. 둘 다 과

거의 기록에 매여 있다. 무한 게임은 다르다. 카스는 말한다.

— 나는 플레이를 하지 않아야만, 그 게임이
끝났음을 보여줘야만 강력해질 수 있다.[38]

만세! 나는 '플레이를 하지 않아야만'이라는 구절에 밑줄을 그으며 만세 삼창을 외쳤다. 나의 힘과 소유를 평가하지 않는 공간, 성공에 대한 정의가 세상에 존재하는 사람 수만큼 다양한 영역, 게임이 끝나지 않았기에 미래를 바라보며 살 수 있는 곳. 그곳에서 나는 누구나 승리자가 될 수 있는 무한 게임의 플레이어가 되기로 했다. 스티븐 스필버그의 영화 제목처럼 '주인공'으로 살기로 했다. Ready player one!

'나답게' 살고 싶은 나에게 쓰는 편지

인생을 유한 혹은 무한으로 나누어 통찰하는 카스의 생각은 우리의 일상에 그대로 적용된다. 당연히 대부분의 우리는 유한 게임을 살아간다. 가족 제도로 하루를 시작해 사회

제도에 온 힘을 쏟고 다시 가족 제도로 돌아온다. 일하지 않고서는 인생을 꾸려갈 수 없다고 믿는다. 그렇게 모두가 열심히 일한다. 어쩔 수 없다고? 그래도 내가 플레이하는 인생이라는 게임이 유한 게임인지 무한 게임인지는 의식해야 하지 않을까.

일자리라는 단어는 산업경제의 유물이다. 달라져야 한다. 지금보다 '적게' 일해야 한다. 주 52시간이 아닌 주 40시간 노동, 주 5일 근무가 아닌 주 4일 근무. 아니, 더 줄여도 좋다. 더 적게 일하는 만큼 출퇴근하며 이동에 드는 탄소량은 줄어들 것이다. 남는 시간만큼 개인의 여가, 인간관계, 가족, 공동체 등 삶의 질은 개선될 것이다. 기업의 생산성 기준도 달라져야 한다. 기술 혁신을 핑계 삼아 일자리를 감축해서 얻은 생산성의 결실을 경영진과 주주들이 독식해서는 안 된다. 주주에게 갖다 바치던 잉여가치를 일하지 않아서 발생하는 급여 차액을 염려하는 노동자들에게 나눠주어야 한다. 대기업 노동조합이 중심이 된 노조 활동도 4차 산업의 사각지대에 놓인 플랫폼 노동자들과 정규직에 비해 여러 가지로 불리한 프리랜서들의 연대 모임으로 옮겨 가야 한다.

물론 언어적 희망에 그칠 가능성이 높다. 코르테스가

나무에 올라 일시 멈춤pause을 권하고, 오델이 '아무것도 하지 않는 법'을 이야기하고, '숲속의 자본주의자'가 자연에서 자급자족하고, 러쉬코프가 경제의 근본 코드가 달라지지 않았다고 경고하고, 포어가 '생각을 빼앗긴 세계'를 염려해도 우리의 삶은 달라지지 않을 것이다. 우리는 여전히 소셜 미디어로 실시간을 업데이트할 것이고, 무료 검색으로 삶을 구성할 것이고, 온라인 생산성 도구로 일을 할 것이고, 유튜버는 동영상 이윤을 분배받을 것이다. 트렌드에 민감한 사람들과 기술 기업에 다니는 것만으로도 스마트하다고 믿는 사람들은 새롭게 등장하고 금세 스러지는 힙한 공간을 인증할 것이다. 그들이 새 공간을 찾아다닐 때마다 건물 소유주의 불로소득은 증가할 것이고, 사람들이 일상을 인증할 때마다 소셜 미디어 기업은 데이터를 획득할 것이고, 유튜버가 열심히 활동할 때마다 독점적 플랫폼의 기업 가치는 오를 것이다. 토지, 건물, 데이터, 미디어…… 플랫폼을 소유한 자들의 세상이 될 것이다.

지금으로부터 30여 년 전, 이제는 우리 곁을 떠난 신해철은 〈나에게 쓰는 편지〉에서 '전망 좋은 직장과 가족 안에서의 안정과 은행 구좌의 잔고 액수가 모든 가치의 척도인가'라고 중저음 목소리로 읊었다. 30년이 지난 지금, 우리는 여전히 돈, 큰 집, 빠른 차, 명성, 사회적 지위에 행복을 맡긴 채 잃어버린 나를 찾겠다며 드라마 〈갯마을 차차차〉의 홍두식이 읽은 『월든』을 인증하는 것으로 만족하고 있다. 스마트폰으로 주가 흐름에 일희일비하고, '영끌'로 떠안은 대출 이자를 갚고, '내 마음 깊이 초라한 모습으로 힘없이 서 있는 나를 안아주'기 위해 지른 신용카드 대금을 갚고 있다. 그리고 핑계를 댄다. '세상은 점점 빨리 변해만' 간다고, 그래서 어쩔 수 없다고.

그래서일까. 자본주의 세상에서 영혼이 시들어버려 와이파이가 잡히지 않는 참나무 꼭대기에서 은신한 코르테스는 세 가지 '집념'을 갖고 숲에 들어갔다고 고백한다. 한동안 세상을 떠나기, 평화를 얻기, 지나간 일을 잊고 새로 시작하기.

바람이 아니다. 소망도 아니다.
다짐이 아니다. 결심도 아니다.
집념이다.

1   제니 오델 지음, 김하현 옮김, 『아무것도 하지 않는 법』, 15쪽, 필로우, 2021

2   제니 오델 지음, 김하현 옮김, 『아무것도 하지 않는 법』, 20쪽, 필로우, 2021

3   제니 오델 지음, 김하현 옮김, 『아무것도 하지 않는 법』, 17쪽, 필로우, 2021

4   제니 오델 지음, 김하현 옮김, 『아무것도 하지 않는 법』, 15쪽, 필로우, 2021

5   다부치 요시오 지음, 김경원 옮김, 『다부치 요시오, 숲에서 생활하다』, 19쪽, 에이지21, 2018

6   박혜윤 지음, 『숲속의 자본주의자』, 7쪽, 다산초당, 2021

7   헨리 데이비드 소로 지음, 정회성 옮김, 『월든』, 206쪽, 민음사, 2021

8   정운영 지음, 『심장은 왼쪽에 있음을 기억하라』, 90쪽, 웅진지식하우스, 2006

9   프랭클린 포어 지음, 박상현·이승연 옮김, 『생각을 빼앗긴 세계』, 14쪽, 반비, 2019

10   프랭클린 포어 지음, 박상현·이승연 옮김, 『생각을 빼앗긴 세계』, 12쪽, 반비, 2019

11   더글라스 러쉬코프 지음, 김병년·박홍경 옮김, 『구글버스에 돌을 던지다』, 4쪽, 2017

12   더글라스 러쉬코프 지음, 김병년·박홍경 옮김, 『구글버스에 돌을 던지다』, 21~31쪽, 2017

13   소스타인 베블런 지음, 양소연·유승호 옮김, 『장인 본능』, 265쪽, 지식을만드는지식, 2020

14   폴 그레이엄 지음, 임백준 옮김, 『해커와 화가』, 76쪽, 한빛미디어, 2014

15   폴 그레이엄 지음, 임백준 옮김, 『해커와 화가』, 191쪽, 한빛미디어, 2014

16   니콜라스 카 지음, 최지향 옮김, 『생각하지 않는 사람들(10주년 개정증보판)』, 282쪽, 청림출판, 2020

17   애나 위너 지음, 송예슬 옮김, 『언캐니 밸리』, 355쪽, 카라칼, 2021

18   더글라스 러쉬코프 지음, 김병년·박홍경 옮김, 『구글버스에 돌을 던지다』, 35쪽, 2017

19   마이크 회플링거 지음, 정태영 옮김, 『비커밍 페이스북』, 47쪽, 부키, 2018

20   제니 오델 지음, 김하현 옮김, 『아무것도 하지 않는 법』, 54쪽, 필로우, 2021

21 마이크 회플링거 지음, 정태영 옮김, 『비커밍 페이스북』, 181쪽, 부키, 2018

22 마이크 회플링거 지음, 정태영 옮김, 『비커밍 페이스북』, 118쪽, 부키, 2018

23 폴 그레이엄 지음, 임백준 옮김, 『해커와 화가』, 61쪽, 한빛미디어, 2014

24 칼 뉴포트 지음, 김태훈 옮김, 『하이브 마인드, 이메일에 갇힌 세상』, 30쪽, 세종, 2021

25 칼 뉴포트 지음, 김태훈 옮김, 『하이브 마인드, 이메일에 갇힌 세상』, 127쪽, 세종, 2021

26 제니 오델 지음, 김하현 옮김, 『아무것도 하지 않는 법』, 15쪽, 필로우, 2021

27 더글라스 러쉬코프 지음, 김병년·박홍경 옮김, 『구글 버스에 돌을 던지다』, 118쪽, 사일런스북, 2017년

28 더글라스 러쉬코프 지음, 김병년·박홍경 옮김, 『구글 버스에 돌을 던지다』, 126쪽, 사일런스북, 2017년

29 사이토 고헤이 지음, 김영현 옮김, 『지속 불가능 자본주의』, 22쪽, 다다서재, 2021

30 사이토 고헤이 지음, 김영현 옮김, 『지속 불가능 자본주의』, 36쪽, 다다서재, 2021

31 사이토 고헤이 지음, 김영현 옮김, 『지속 불가능 자본주의』, 144쪽, 다다서재, 2021

32 사이토 고헤이 지음, 김영현 옮김, 『지속 불가능 자본주의』, 144~145쪽, 다다서재, 2021

33 김누리 지음, 『우리의 불행은 당연하지 않습니다』, 50쪽, 해냄, 2020

34 사이토 고헤이 지음, 김영현 옮김, 『지속 불가능 자본주의』, 146쪽, 다다서재, 2021

35 사이토 고헤이 지음, 김영현 옮김, 『지속 불가능 자본주의』, 309쪽, 다다서재, 2021

36 김민희 기자, 이어령 "자네는 자네로 살고 있는가?", 톱클래스

37 박혜윤 지음, 『숲속의 자본주의자』, 6쪽, 다산초당, 2021

38 제임스 카스 지음, 노상미 옮김, 『유한 게임과 무한 게임』, 마인드빌딩, 2021

나의 친애하는 숲

초판 1쇄 발행   2022년 5월 31일

지은이   에두아르 코르테스
옮긴이   변진경
펴낸이   윤동희
펴낸곳   북노마드

편집   김민채 유나
디자인   신혜정
표지 그림   동렬 @dongryol
제작   교보피앤비

출판등록   2011년 12월 28일
등록번호   제406-2011-000152호
문의   booknomad@naver.com

ISBN   979-11-86561-83-6 03860

www.booknomad.co.kr

북노마드